ジャック・ケッチャム／著

金子　浩／訳

老人と犬

RED

扶桑社ミステリー

1553

ニール、アギー、ビースト、ヴィニー、ゾーイ――かつての、そして現在の毛むくじゃらの友人たちへ。きみたちは、日々、思いやりを教えてくれた。

そして、この本にサム・ベリーの飼い犬のエピソードとして描いたのと同じようにしておじの命を救った、現実のレッドへ。

謝辞

まず、可能性にとどまっているケッチャム作品に対する鋭い目と鼻の持ち主、ギャヴィン・ジーグラーに感謝を捧げる。そして、いつものようにていねいに校正してくれたポーラ・ホワイトと、この作品を担当してくれた編集者のマイク・ベイリーに——あらためていうまでもないが、彼はわたしたち作家を気づかってくれ、紳士的な態度で接してくれる編集者だ。そもそもわたしをイギリスへ連れてきてくれたアリス・マーテルとスティーヴン・キングには、いくら感謝してもし足りない。ローウェル・〝チップ〟・ウッドマンには、メイン州法とアメリカにおける動物の権利——というよりも権利の欠如——についての豊富な知識を提供していただいたことに対して、ビル・トレイシーには釣りについて有益な助言をしていただいたことに対して、フレッド・クライストには長年に亘って奇妙な実話を収集してもらっていることに対して感謝したい。最後になったが、ニール＆ヴィクトリア・マクフィーターに感謝を捧げる。彼らには理由がわかるはずだ。

「苦痛は人間らしい――礼儀はそうじゃない」
エミリー・ディキンソン

「神さま、ぼくはあなたの仕事場をノックしてる……
こんなところに用はないのに……」
ポール・サイモン

老人と犬

登場人物

エイヴリー・アラン・ラドロウ――雑貨店の店主
レッド――ラドロウの愛犬
ダニー・マコーマック――高校生
ハロルド・マコーマック――ダニーの弟
マイケル・マコーマック――ダニーの父親
イーディス・マコーマック――ダニーの母親
ピート・ドースト――ダニーの友人
サム・ベリー――弁護士。ラドロウの友人
キャリー・ドネル――テレビ局の記者
メアリ――ラドロウの妻
アリス――ラドロウの娘
ビリー
ティム }――ラドロウの息子
エマ・シドンズ――近所の老婦人
トム・ブリッジウォーター――保安官
ビル・プライン――雑貨店の店員
フィル・ジャックマン――検事補

第一部　ラドロウ

1

老人が目をむけると、犬は、茶色のプラスチック製ワームに釣り針を刺し、明るいオレンジ色の尾へ通している老人の手を見つめていた。老犬は、木の間を漏れる遅い午後の日がつくる川岸の日だまりに寝そべっている。こんなに長い歳月が過ぎても、犬は老人に、とりわけ老人の手に興味津々だった。犬にとって、手と、手を使ってできることが、人間をほかの動物から隔てているすべてであるかのようだった。

老人も犬も、少年たちの姿を目にするずっとまえから、彼らが立てる音を聞きつけていた。老人がピックアップ・トラックを駐めておいた森のなかの空き地から、人間の集団が土と砂利の小道を踏み分けながらやってくるのがわかった。老人と犬もそうやってここへ来たのだった。

鳥のさえずりとゆるやかに流れる川のせせらぎに混じって、少年たちの足が地面と砂利をこする音と、小枝を折る音が聞こえていた。

犬は、耳を前に傾け、物音のほうへ見栄えのしない大きな茶色の頭をむけてから、ふりかえって老人を見た。老人がなにもいわなかったので、犬はふうっと息をついて、おちつきをとりもどした。

氷が融けてからずっと、川は老人に豊かな実りを分け与えていたが、六月末のいまはあっけなさすぎるといっていいほどだった——川辺に来たのはほんの三、四十分まえだったのに、法律で許されている三尾のうちの二尾をもう釣ってしまっていた。二尾とも四ポンド級だ。

このあたりでは、川は広く、深い。老人がしなければならないのは、いまのように、石や切り株や倒木——コクチバスが隠れ処に利用できるもの——を見つけて、ワームをそこへ投げ入れることだけだ。そして、茶色く濁った水のなかでワームが斜め上へ跳ねあがり、ふたたび川底へおちつくように、ラインをひょいひょいと引いてやるのだ。今日は、三度か四度引くだけでこつんという手応えがあり、魚が関心を示したのがわかった。老人は竿を魚へむけて糸をたるませ、唾で匂いをつけたプラスチック製ワームに食いつくようにしむける。それから、ゆっくりとラインを巻きとってたるみをなくし、充分に張ったと判断するなり、頭の上まで一気に竿をあげ、偽物の虫からはずれた針が魚の口を貫くようにするのだ。

バスは放っておくと狂ったように暴れるが、老人は必要最低限しか暴れさせずにたぐり寄せる。

そうして、一尾を料理し、二尾を冷凍庫へおさめる。それが老人にとっての釣りだった。血を見るスポーツへの嗜好は、娘アリスの結婚とメアリの死のあいだのどこかで消えてなくなっていた。興味が復活することはなかった。

しかし、魚のよくしまった白身は老人の、そして犬の好物だった。もっとも、メアリがいっていたように、犬はなんでも食べた。妻が死んでからの歳月で、彼女が話題に選んだ事柄のほとんどと同じく、それも正しかったことがわかった。

犬はまたしても頭を持ちあげ、傷痕のある黒い鼻でくんくんと匂いを嗅いだ。

老人も匂いに気づいていた。じつのところ、犬よりも先に。犬は以前の犬ではなくなっていた。老人の目には、犬のなかに子犬が見えた。自分自身のなかに少年が見えるのと同様に。だが犬は、関節炎をわずらいかけているのだろう、動作がのろくさくなっていたし、目も曇りはじめていた。

とはいえ、エマ・シドンズの真っ黒な雑種の雌犬に盛りがつけば、追いかけまわすだけの元気は残っている。つい一週間まえも、自宅裏の原っぱでそんな犬を見たばかりだった。老人が微笑みながら眺めていると、犬は背高泡立草（せいたかあわだちそう）のなかを、蜜蜂をあたふたさせながら、いまも元気に若わかしく跳ねまわっていたものだった。

それでも、先に匂いに気づいたのは老人だった。

ガンオイルの匂いだ。

風上から、かすかに漂ってくる。踏み分け道を通らないで近づいてくる。しろうとの匂いだ、と老人は思った。まともなハンターなら、オイルはきちんと拭きとらなければならないことを承知しているはずだ。獲物は何キロも先へ逃げてしまったことだろう。踏み分け道をたどってこそいないものの、山羊の群れさながらにやかましい。

老人は、竿をすばやく、九十度をやや超えるまでふりあげてから、ほぼ水平になるまで強くふりおろした。ラインは鞭のように風を切って老人に迫り、通りすぎ、川の上をぐんぐん飛んで、二尾のバスのうちの大きいほうを釣りあげた、なかば水没した木のそばに落ちた。ただし今度は、いっそう深いとわかっている向こう側へ。老人は、ラインが川底へゆっくりとおちつくのを待ってから、ぐいとひいた。

犬がまたしても頭をあげた。目の隅でその動きを認めてちらりと視線をむけると、人影が斜面を下ってくるところだったが、注意をラインへもどして、もう一度ぐいとひいた。

子供たちだ。十七か十八だろう。

三人のうちでいちばん長身の少年がショットガンを持っていた。銃ではなく、棒かバットのように肩にかけている。

「釣れてるかい？」

老人はふりかえって、だれが話しかけてきたのかをたしかめた。ショットガンを持っている少年だった。背が高く、ハンサムで、おそらくそれを意識しており、老人が軍隊時代にそうしていたように髪を短く刈りこんでいる。ジーンズをはき、〝メイベル娼館からの盗品〟という文字がプリントされ、ウエスタン風のバーの外に立つ豊満な胸の女性が描かれたTシャツを着ている。

その少年は、ほかのふたりとちがって精悍な雰囲気を漂わせていた。あとのふたりもジーンズにTシャツという格好だった。ひとりは赤、もうひとりはくすんだ黄色の、ポケットにたばこのはいったTシャツ。もっとも、ふたりとも、髪はもうひとりのようにブロンドでも短くもなく、茶色の髪をふつうの長さにのばしていた。赤いTシャツの子は腹が出ていた。

「クーラーに二匹はいってる」老人はいった。「見たいなら、見てもかまわないぞ」

銃を持っている少年と異なり、大人の体になっていない、子供っぽく痩せた体つきをした黄色いTシャツの少年が、前かがみになってクーラーの蓋をあけた。両手をジーンズのポケットにつっこむと、肩をすぼめながらちらりと魚を見て、体を起こした。

「悪くないね」少年はいった。「けっこういい型だ」

老人はにやっと笑って、「このあたりじゃ、ときどき五ポンドをはるかに超える大物が釣れるんだ」老人はラインをひいた。「こいつらでも充分大きいがね」

赤いTシャツを着た肥満体の少年は、スニーカーで石と砂利を蹴飛ばしながら、足をひきずるようにして歩いた。動きが鈍重で、自分の体を持て余しているような感じだった。何メートルか離れた水中にいる魚が音を聞きつけ、地上でおこなわれていることに気づいてしまいかねなかった。そんな歩き方はやめてくれればいいのだが、と老人は思った。

「あれ、あんたの犬かい？」ショットガンを持った少年がたずねた。

老人がふりむくと、犬はときどき見せる目つきで少年を凝視していた。犬は年のせいで偏屈になっており、この人間は嫌いだと思いこんでいるのがわかるときがあった。なにしろ、信用できると完璧に納得できるまでは、一秒だってこいつから目を離すもんかと決意しているかのように、じっと睨むのだ。

問題は、ドッグビスケット一枚で犬の信頼を買えることだった。

老人はそんなもの思いにふけって、こいつには簡単に微笑まされてしまうな、と考えた。

「たしかにわたしの犬だ。でも心配はいらない。嚙んだりしないから」

なかには犬に偏見がある人間がいるものだ、と老人は考えた。犬はいつだって嚙みつきたがっていると信じこんでいる人間が。ところが、老人の経験からすると、ひどいことをして挑発しないかぎり、犬はめったに人を嚙まないし、たとえ虐待されても、たいていの犬は人を嚙んだりしなかった。犬は、人に関してその正反対の心配をしている。人に嚙まれはしないかとびくびくしているのだ。食べものをもらい、夜、暖かく過ごせ、だれにもいじめられず、日だまりで昼寝をしたり、走ったり追いかけたりする時間がたっぷりあり、追いかけっこをする場所が充分にあるかぎり、人を噛む理由などありはしない。

「すごい年寄りじゃない?」赤いシャツの少年がたずねた。

老人はうなずいて、「古いつきあいなのさ」

老人はラインをひいた。あたりがなくなっていた。話し声か、あいかわらず砂利を蹴飛ばしている肥満体の少年のせいで魚がおびえているのかもしれなかった。

「そういう犬って何歳くらいなんだい?」

計算しなければわからなかった。犬が生後六、七週間のときに、メアリが老人の五十三歳の誕生日にプレゼントしてくれたのだった。メアリが死ぬ一年前だった。メアリが死んだのは八三年だ。

「十三歳か十四歳だな」

「よぼよぼの老いぼれってわけか」

いうことはなにもなかった。だが、少年の口調は気にいらなかった。この子は動物が好きじゃないんだろう、と老人は思った。

老人はラインを巻きとりはじめた。

「どんな餌を使ってるの？」黄色のTシャツを着た痩せた少年は釣り道具箱を覗きこんでいた。

「ワームさ」

「生きてる虫（ワーム）？」

「プラスチックのやつだよ。試してみるといい。これまでのところは効果的だ」

「ぼくはバズベイトが好きなんだ。使ったことある？」

「いや、ないな。ジッターバグは何度か使った。フラポッパーもな。もっとも、おしなべてワームは好きなんだがね」

「くだらない話はもうやめろ、ハロルド」とショットガンを持った少年がいった。「じいさん、竿をおろしな」

老人が少年たちを見やると、少年は砂利の上を二歩、前進した。ショットガンは老人にむけられていた。ベルトのあたりに狙いがさだめられている。**なんのつもりだ**？

少年は安全装置をはずした。

犬がうなりながら立ちあがりかけた。

「おちつけ」老人は犬に声をかけた。「動くんじゃない」

老人は手をさしのべた。たとえ直感でそうすべきでないと確信しても、犬は手の指示にしたがうはずだった。犬はふたたび尻をついて座った。耳をそばだてないと聞き逃してしまうほど低くうなっている。いま、犬がなによりも欲しているのは、立ちあがって闘うことだった。たとえ年老い、関節炎をわずらっていても。

「じっとさせておいたほうがいいぞ」と少年。「さあ、竿をおろすんだ」

説得しよう、と老人は思った。理性的にふるまわせるんだ。たとえこの子がいま、冷静にふるまっているとはいえなくても。

「おろしたら、流されるかもしれない」老人はいった。「もしもあたりがあったらどうする？　きょうはよく釣れてるんだ」

少年は、正気を疑っているような目で老人を見てから、笑みをうかべ、かぶりをふった。

「なるほどね。それなら、糸を巻きとれ。それからおろすんだ」

老人はそのとおりにした。少年が、ショットガンを突きつけるという行為を、必要以上に楽しんでいるのがわかった。刺激したくなかった。

「財布をよこしな」少年はいった。

老人はかぶりをふった。

「財布はピックアップだ。グローブボックスのなかだよ。ここへ来る途中で通りすぎただろう。空き地に駐めてあるグリーンのシェヴィーのピックアップだ」

「くそっ」と赤いシャツを着た肥満体の少年。

「嘘じゃない。財布は持ってきてないんだ。いつも持ってこないのさ。ここじゃ金は使わないし、からまったラインをほどきに行ったり、バスをとりこむために川にはいったりしなきゃならなくなったときに財布が濡れちまうからな。さもないと、釣り道具箱に財布を入れておかなきゃならなくなる。だが二回に一回は忘れちまうんだ。だから、グローブボックスに鍵をかけてしまっておくのさ。二、三十ドルはいってる。どうぞお持ちくださいという気にはなれないが、ショットガンと喧嘩もできないからな。盗っていくがいい」

老人はゆっくりとポケットへ手をのばした。

「鍵がいるだろう」老人はいった。

「釣り道具にはどれくらいの価値があるんだ？」ショットガンを持った少年が、彼がハロルドと呼んだいちばん年下の少年にたずねた。

「ただの使い古しだね。いいフライがいくつかあるけど。でも、それほどのものじゃない……わざわざ持っていくほどじゃないよ」

もしも少年がいくらかでも釣りを知っているなら、正直な評価とはいえなかったが、少年は釣りにくわしいにちがいないと老人は直感していた。フライはすべて手巻きで、極上のコレクションだった。かなりの金額になるはずだった。それに気づいていたとしても、少年は口に出さなかった。

　なぜだろう、と老人はふしぎに思った。

「財布にクレジットカードは入ってるのか、じいさん？」

「持ってないんでね」

　少年が笑い声をあげ、かぶりをふり、一歩近づいたので、ショットガンが12ゲージのブローニング・オート5だとわかった。高価な新品で、ポケットからキーをとりだして差しだそうとしたとき、新車の香りのようにオイルが匂った。少年は笑いつづけたが、その笑いにユーモアは微塵も含まれておらず、いうなれば、いやます下劣さしか感じられなかった。

　その笑いが少年を後押ししたかのようだった。

　老人は少年の顔に、若さのわりに深い皺が刻まれているのに気づいた。少年が締めているのは上等の革ベルトだし、はいているジーンズは、リーヴァイスなどではないデザイナー・ジーンズのたぐいだった。ほかのふたりも同じようなジーンズをはいていた。

　少年たちは金を必要としているわけではない。ただ、ほしがっているだけなのだ。

　金ならくれてやる。

　老人は、少年たちが欲しているのが金だけであることを願った。

「そら」と老人は鍵を差しだした。「いちばん小さいのがダッシュボードの鍵だ。財布はそのなかにはいってる」

受けとって、盗むがいい、と老人は思った。

少年は、あいかわらずにやにや笑いながら首をふった。

「あんたの持ちものは、おんぼろピックアップと、二十ドルしかはいってない財布と、わざわざ奪う価値のない釣り道具。それに二匹の魚と、いまいましい犬か。どうしてそんなものしか持ってないんだ、じいさん？」

老人は答えなかった。答えるべき言葉はなかった。少年は答えを求めているわけではなかったからだ。

「あんたの持ちものにはなんの価値もないんだよ」

引き金をひかないほうにかけて、飛びかかって銃を奪うという手もあったが、うまくいく見込みはあまりなさそうだった。というのも、少年の声には最初から気にさわる冷たさがあったのだが、いまや氷のように冷ややかな声になっていたからだ。太った少年をちらりと見やると、惚けたような虚ろなにやにや笑いを浮かべていたので、助けは得られないとわかった。黄色いシャツを着たいちばん年下の少年に目をやると、黙ったままだったがおびえているのが見てとれた。

もっとも、おびえているのは、釣り道具のことで嘘をついたからかもしれなかった。

背後の川のせせらぎと、木々が風にそよぐ音が聞こえた。

老人は鍵を差しだした。

老人は待った。だれも動かなかった。

少年はなにかをするつもりになりかけていた。踏ん切りをつけかかっているのかどうか、なんともいえなかった。

ここで死ぬのかもしれないな、と老人は思った。覚悟はできているのだろうか？

老人はその疑問にも答えられなかった。

「あいつの名前は？」少年がたずねた。

「だれの？」

「犬だよ。なんていう名前だ？」

老人にとって、たいていの場合、犬はただの犬だった。口笛を吹けば飛んでくるし、手ぶりをしたり、手を叩いたり振ったり、指を鳴らしたりすればいうことを聞かせられたから、もう長いあいだ、犬のほんとうの名前を使う必要がなかったのだ。だが老人とメアリは、子犬のころに名前をつけていた。毛色にちなんだ芸のない名前を。

「レッドだ」と老人。

少年は、微笑みを浮かべないまま老人を見つめつつ、その答えを思案しているかのようにうなずいたが、一瞬、瞳のなかで、冷えびえとした下劣さが、川面からの陽射しの照り返しのなかで揺らめいた。

「いい名前だ」少年はおだやかにいった。「まったくいい名前だよ。レッドか」

深ぶかと息を吸い、吐きだしたあと、少年がおちついたように見えたので、心のなかの嵐がおさまりかけているのかもしれないと期待しながら、どうして名前を知っただけでそうなったのだろうと老人が思っていると、少年はさっとむきを変えた。それと同時に腰をおろしていた犬が、お座りを命じた老人の手、つまりこの出来事に関する老人の主導権をなにかが圧倒したことを察して、ほんの一歳若かったころに可能だったよりもずっとのろのろと立ちあがったが、少年は犬に一歩近寄るなり、川と森と六月の明るい陽射しという平安、そしてその瞬間まで老人の生活そのものだった平安をショットガンでざっくりと切り裂いた。犬がひと声も鳴いたり吠えたりしなかったのは、頭が吹き飛んでしまったからだった。そこにはよく動く茶色の目も、猫に引っ掻かれた傷の残る鼻も存在せず、見慣れた肉体がとつぜん雨に変じたかのごとく、なにもかもが犬のうしろにぶちまけられていた。犬の姿形は、一瞬のうちに思い出でしかなくなっていた。

老人は呆然と立ちつくした。

なぜだ？　老人はいぶかった。いったい、なぜなんだ？

犬の足がわなないた。

「レッドか！」少年は叫んで笑った。「レッドだとよ！」

ショットガンはすでに老人にむけなおされていた。機敏な子だ、と老人は思った。覚えておかなければならない事柄だった。

「ほんとの赤(レッド)にしてやったぞ！」といって、少年はまたも笑った。

鈍感で愚かしい、血に狂った笑いだった。老人は戦争中に、理性をすっかりうしなった男たちがよく似た笑いをあげるのを聞いたことがあった。

老人は無言だった。

地面に落ちた空薬莢を一瞥(いちべつ)してから、自分にむけられたショットガンに目をもどした。

「つぎは、もうちょっと多く現金を持ってくるんだな、じいさん。そうすれば、こんな目に遭わなくてすむかもしれないぜ」

少年はほかのふたりの少年をちらりとふりかえった。

「行くぞ」

ふたりは、一刻も早く立ち去りたがっているらしかった。痩せた少年は真っ青になっていたし、太った少年も顔をしかめていた。ショットガンを持った少年はそれに気づいていないようだった。

「そんな鍵なんかいらねえんだよ、じいさん」少年はいった。「二十ドルなんて、わざわざ盗っていくだけの金じゃねえんだ。ようするに、じいさんはきょう、ついてたってわけだ。あとは、おれたちを追いかけようなんて気を起こさなきゃいいんだ。そうすれば、ついてるままでいられる」

老人はうなずいて、「なんてったって、おまえはショットガンを持ってるからな」

「そのとおり。なんてったって、おれはショットガンを持ってる」

少年は犬を見やって、またぞろ笑いはじめた。「大笑いだぜ！　名前のとおりの色になりやがった！」と叫んだ。とたんに、肥満体の少年も、友人がとびきり愉快なことをいったかのように、首をふりながら笑いはじめた。とうとう、黄色いシャツの少年まで、おずおずとではあったが笑いはじめた。それでも、心から笑っているようには見えなかった。

これはきょうおまえが犯したふたつめの失敗だな、ぼうず、と老人は考えた。ひとつめは、わたしたちのいるところへやってきたことだ。

姿が見えなくなってからも、遠くの尾根を越えてゆく少年たちのはしゃぐ声や笑い声が聞こえてきた。

もうもどってこないと確信すると、老人はかがんで薬莢を拾い、ポケットに入れた。

そして犬のもとへ歩みよった。

じっと見おろしながら、考えた。シャツを脱ぎ、犬の破壊された頭部にかけると、死体を持ちあげ、シャツを下にまわしてすっぽりくるんだ。犬の背中をさすり、暖かい脇腹をなでた。犬が興味津々(しんしん)でじっと目を凝らした手が赤黒く染まった。

少年は、それを冗談にしたのだ。

犬は、メアリが五十三歳の誕生日にくれたプレゼントだった。

いい犬だった。ほんとうにいい犬だった。体にはまだ温もりが残っていた。

老人は立ちあがると、道具箱を閉じて鍵をかけ、竿を片づけた。そしてクーラーといっしょにそれらを拾いあげ、犬を横たえた場所へもどった。血が染みこむのもかまわずにシャツの袖を犬の首のまわりにむすぶと、持ちあげて横抱きにし、もう片方の手で竿とクーラーと道具箱をつかんで、小道をのぼりはじめた。

犬はしだいに重くなった。

途中で二度、休まなければならなかったが、犬は離さなかった。道端(みちばた)でしゃがみこむと、クーラーと釣り道具はおろしたが、体力が回復するまで、犬は重心を移動させて膝頭で支えながら両手で抱きつづけた。なじみ深い毛皮の匂いといっしょに、嗅ぎ慣れない血の匂いがした。

二度めに足をとめたとき、犬が——ともに過ごした長くすばらしい過去が、うしなわれてしまったことが胸に迫ってとうとう涙を流し、自分たちをこんな目に遭わせた現実を恨んで地面にこぶしを叩きつけた。
そしてまた歩きつづけた。

2

エイヴリー・アラン・ラドロウという名の老人は、ピックアップで丘を越えて家へ帰ると、あの子がいったことにも正しいことがあったな、と考えた。

ラドロウは価値のあるものをほとんど所持していなかったのだ。

店と家と、それぞれが建つ二区画の土地を所有しているが、それでほとんどすべてだった。家は、一九七〇年にラドロウとメアリが一エーカー半の土地とともに二万ドルで買ったとき、すでに築百年を超えていた。なぜたった二万ドルだったかといえば、雨が降ると十二カ所で屋根が雨漏りするからだった。漏った水は、何十四もの蝙蝠(こうもり)が巣くう屋根裏部屋の床を染み通って、一階のキッチンと三部屋の狭い寝室と居間まで漏ってきたし、それらの部屋には相当な数の鼠が棲みついていた。だがラドロウは、天井に渡されている丸太のオーク材や、広びろとしたキッチンとそのまんなかに鎮座して一家団欒の中心となる昔ながらのだるまストーブが気に入った。それはメアリも同じだった。一年がかりで屋根と天井を修繕して、雨と蝙蝠がはいってこないようにした。ずっと以前に死んでしまったアダムという雄猫が鼠を退治してくれた。

小川が境界になっている一エーカー半の下り斜面には、メアリが生きていたころは芝が植えてあったが、いまは背高泡立草が生い茂っている。裏には薪小屋があり、丘のてっぺんには一本の大きなオークがそびえている。夜、ところどころに生っているブラックベリーを食べにくる鹿を見かけることもある。鬱蒼とした雑木林からむこうは他人の土地だが、隣の土地が切り開かれることはなかったし、老人が生きているあいだに切り開かれることもないだろう。ニューヨークの弁護士が、夏の別荘を建てるために隣接する七エーカーを購入したのだが、それっきり興味をなくしてしまったのだ。税金は安いし、土地は値上がりしている。持ちつづけてはいるが、利用する気はないというわけだ。

そういうわけだから、そのほかにラドロウが持っているものといえば、プライバシーだけだった。

そしてラドロウはいまそれを、自分自身と怒りを隔てる壁のように使いながら、ピックアップを駐め、犬を丘の上へ運びあげてオークの木のそばにおろした。薪小屋へ行ってスコップと三つ又鋤をとってきた。犬のもとへもどって穴を掘りはじめた。

宵闇が迫るころには、骨が浸食によって地面にさらけだされたり、エマ・シドンズの真っ黒な雑種の雌犬や他の犬に掘りかえされたりせずに地中にとどまっていられるだけの深さになったので、首にシャツをむすんだままの犬を穴に横たえた。亡骸に言葉をかけたことなどなかったが、そうすれば胸の重苦しさがやわらいでいたかもしれなかった。だがラドロウは、黙りこくったまま、犬を香りのいい豊かな土で覆いはじめた。

埋葬を終え、スコップと三つ又鋤を小屋へもどしてから、魚がはいったクーラーと釣り道具が置きっぱなしになっていることを思いだしたので、ピックアップへ行ってそれらをとってきた。犬が撃ち殺された日に釣った魚を食べるというのはどういうものだろう、食べたらどんな気持ちになるのだろう、と考えながら。魚を捨てることもできたが、もったいないのはいうまでもなかったし、犬の一部を捨ててしまうことになるような気もした。

キッチンにはいると、ラドロウは魚をホイルでくるんで冷凍庫へ入れた。

釣り道具をクロゼットへしまった。

それを終え、コーヒーを淹れようとストーブのそばへもどりかけたときにはじめて、家のなかが静かなことに、響くのは自分の足音だけで、犬の足が床材にあたるこつこつという耳慣れた音がかたわらで聞こえないことに気づいた。ラドロウはキッチンのまんなかで、目に見えないドアのまえで様子をうかがっているかのごとく立ちどまった。そして一拍置いてから、怒りに身を震わせつつ、ポケットのなかの空薬莢を手でさぐった。

とりだして、匂いを嗅いだ。弾薬の匂いが鼻をついた。

シンクの隣の調理台にまっすぐに立てた。

父親やそのほかのだれかではなく少年自身が、このムーディーポイントもしくは近くの町で12ゲージのブローニング・オート5を買ったのなら、少年の身元をつきとめられる見込みはおおいにあるだろう、とラドロウは考えた。

ポートランドで買ったのなら、いやケネバンクポートで買ったとしても、それよりずっと難しくなるだろうが。

第二部　父と息子

3

なじみの店からはじめることにした。〈ハークネス雑貨店〉の品揃えはラドロウ自身の店とほとんど同じで、ライフルとショットガンも扱っていた。だが置いてあるショットガンはほとんどが水平二連または上下二連式で、ブローニング・オート5のような高価なショットガンはなかったから、この店は除外できた。それ以外にムーディークリークであの少年にショットガンを売った可能性がある店は、ハイウェイぞいの〈ダウンタウン銃砲銃弾店〉とリッジフィールド・ロードの〈ディーン・スポーツ用品店〉だけだった。

ビル・プラインに電話をかけて、きょうは月曜だし月曜はきみの休日だが、出勤して店番をしてくれないかと頼んだ。ビルはこころよく承知してくれた。もっとも、ビルはたいていの頼みをきいてくれた。ビルは近頃のラドロウ以上にやることがなく、〈エイヴリー雑貨店〉の店員を務めるというのが、社会生活にもっとも近い活動だったからだ。

バスルームでシャワーを浴び、髭を剃り終えたころには、霧も晴れ、空が明るく晴れていた。ラドロウはピックアップに乗り、スターラップ・アイアン・ロードを走って古いルーテル教会を通りすぎ、自分の店のまえを、なかの明かりがつき、ドライブウェイにビルの車が駐めてあるのを確認しながら通りすぎた。

町へ出ると、アーニー・グローンのレストランでコーヒーを飲んだ。ラドロウは、グロリアというアーニーの店のウェイトレスを、たぶんこの年百回めに感嘆しながら見入った。グロリアは三十代はじめの赤毛美人で、彼女を殴っているという噂のある、ポートランド出身の酒癖の悪い教師と結婚していた。脚や腿にあざをつくっていることがときどきあったから、たぶん噂はほんとうなのだろう。ラドロウには、グロリアが不注意なだけとは思えなかった。

どうして我慢してるんだろう、とラドロウはいぶかった。

世間にはたくさんの隠された現実が、秘められた生活がある。ただひとつの生活しか送っていない者などひとりもいないのではなかろうか。

ちょっとまえに新聞で、地元の少年相手に自宅でストリップ・ショーを上演していた女性の記事を読んだことがあった。いちばんの呼びものは、その女性の十四歳の娘だった。女性が明かりを消し、音楽を流すと、娘が服を脱ぎ、女性は部屋を出る。すると娘は、先着順で少年たちとセックスをしたというのだ。金をとったわけですらないらしい。

どうしてそんなことをしたのか、見当もつかなかった。とはいえ、年齢を重ねれば賢明になると信じているわけでもなかった。ラドロウにはわからないことがたくさんあった。いつまでたってもわからないままだろうと考えていた。

コーヒーを飲み終えると、通りを渡って〈ディーン・スポーツ用品店〉のあるブロックへ歩いていき、ディーンにショットガンと少年についてたずねた。ラドロウは理由を話さなかったし、ディーンも訊かなかった。だが、台帳を調べるまでもない、とディーンは答えた。オート5を仕入れたことは一度もないからだった。ブローニング・セミオート・12ゲージを置いたことがあるだけだった。九五号線の〈ダウンタウン銃砲銃弾店〉で訊いてみろよ、とディーンはいった。

〈ダウンタウン銃砲銃弾店〉のカウンターにはいっていた店員は、ビル・プラインと同年輩の四十代なかばで、半袖シャツから力強い腕を覗かせていたが、顔色は悪く、野卑な顔つきをしていた。ベルトに覆いかぶさっているビール腹からすると、毎晩のように遅くまでバーで過ごしており、朝日とともに目覚めることはほとんどないのだろう、とラドロウは推測した。その男のうしろで、ワイシャツの袖をまくっている小柄で痩せた年上の男が、スタンダードな2¾インチの狩猟用装弾の箱を棚に並べていた。ラドロウが店にはいると、店員はにこりともしないでうなずきながら、いらっしゃい、といった。年上の男は品出しをつづけていた。

「最近、十八、九の男の子にブローニング・オート5を売ったことがあるかどうか知りたいんだ。背がすらりと高くて、ブロンドの髪を短く刈っている子だ」

「あんた、警官かい?」店員がたずねた。

「いいや」

「弁護士にも、私立探偵にも見えないな」

「どっちでもない」

「それなら、どうしてそんなことを訊くんだ?」

「まあ、個人的な問題だ」

「個人的な問題?」

「ああ」

男は、笑みを浮かべながら首をふった。

「悪いね。個人的な問題にかかわるつもりはないんだ」

「わたしがさがしている男の子は、ブローニングでわたしの犬を撃ったんだ。なんの理由もなしに」

男はつかのまラドロウを見つめてから、肩をすくめ、両手を広げた。

「そいつは気の毒だったな。だけど、わかるだろう、そういう揉めごとに巻きこまれるわけにはいかないんだ。あんたが警官なら、話はべつだけど」

「必要なら、警官を連れて出直してきてもいい。だが、どうしてそんな、どっちにとっても面倒なことをしなきゃならないんだ？　わたしは個人として頼んでるんだ」

「もうしわけないけど、教えるわけにはいかないよ」

「いいじゃないか、サム」うしろで品出しをしていた年上の男がいった。「その子供はこの人の犬を撃ったんだぞ。台帳を見てやっちゃどうだ？」

ふたりの口調からすると、店を閉めたあと、いつも腕を組んで帰宅しているわけじゃなさそうだな、とラドロウは思った。

「なるほど。おやさしいこった。だが、この人がその子供を撃ったらどうするんだ、クラレンス？」

「この人がそんなことを？」

年上の男はラドロウに目をむけた。念入りに観察してからうなずいた。ラドロウもうなずきかえした。

「いや、この人は撃ったりしないな、サム。台帳を調べてやれよ」

サムはカウンターのなかで移動して、台帳を開いた。

「売ったよ。覚えてる。三、四日まえだ。親父さんはずいぶんしゃれた服を着てたっけ。その子はクルーカットだったんだろ？　ものすごく短い」

「ああ」とラドロウ。

「これだ。火曜の午後に売ってるな。十八歳のダニエル・C・マコーマックに登録されてる」

「住所は？」

店員は年上の男をふりかえった。

「なあ、クラレンス、ほんとにだいじょうぶなのかい？」

年上の男はため息をつくと、仕事の手をとめて、またラドロウを見た。典型的なメイン州人だった。昔気質のニューイングランド人の目をしており、そこには微塵の悪意もなかったが、微塵の寛大さもなかった。

「もしもだれかにこのことをたずねられたら……」

「通りで見かけたんだ」とラドロウ。「で、跡をつけて家をつきとめた。ついてたのさ」

年上の男はうなずいた。「それでいい。サム、住所を見せてやれよ」

店員は台帳をぐるりとまわし、ラドロウは名前と住所を書きとめた。支払いはマイケル・D・マコーマック名義のアメリカン・エキスプレス・カードになっていた。これが父親だろう。その名前も書いておいた。

「恩に着るよ。ところで、すばらしい銃の品揃えだな」と、ラドロウは壁のラックを示した。

「そりゃどうも」と年上の男。「そこにいる弟といっしょに、ぜんぶ自分たちで注文してるんだ。自分たちで並べ方を考えて、ラックに掛けてるのさ。銃がほしいときは寄ってくれ。個人的には、利口な犬は好きなんだ。幸運を祈るよ」

4

住所によればマコーマック家はムーディーポイントのノースフィールド地区にあったので、ラドロウはピックアップでそこまで行き、彼の家を三つ詰めこんでもまだ寝室がいくつもつくれるような家々のまえを通りすぎはじめた。

ノースフィールドは、もっぱら、十八世紀と十九世紀に建てられたこれらの広壮な屋敷こそ現代生活のストレスを解消するための完璧な方法だとみなす、ニューヨークまたはボストンの金持ち連中の別荘が建ち並ぶ地区だ。毎朝、メイドや管理人が列をなしてバスから降り、職場をめざしてくてく歩いていく。毎夕、五時になると、彼らはいっせいに帰途につく。

作家ノーマン・メイラーもここに別荘を持っていたことがあるし、ラドロウは、少なくともひとり、ニューヨークとノースフィールドとコロラド州の小さな町を巡りながら生活している電気通信会社の最高経営責任者（CEO）を知っている。その男は、ここからだとおよそ五キロ離れていて、町を半分横断しなければならないラドロウの店まで、みずから靴下と下着を買いにくるほどの変人だった。ニューヨークにいるときやコロラドへ行っているとき、いったいどこで靴下を買うのだろう、とラドロウはふしぎに思っていた。

ノースフィールドの基準に照らせば、マコーマック家はこぢんまりとしていた。広さは、せいぜいラドロウの家の倍だった。建てられたのは十九世紀なかばで、それから五十年ほどあとで翼棟を建て増ししたのだろう、とラドロウは踏んだ。トラックを降りると、刈ったばかりの芝の匂いがした。高い生け垣と錬鉄製の柵にそって歩いていくと、その匂いのもとであるマコーマック家の芝生が見えてきた。地面ぎりぎりまで刈りこんだばかりだった。幅広で灰色の自然石を敷いた小道づたいにポーチへ行ってステップをのぼり、二本の白い縦溝彫りの円柱を過ぎてドアのまえに立った。ノッカーは釘溝や先端の鉄片までそろった蹄鉄の真鍮製模造品を逆さにとりつけたものだった。ラドロウはそれを叩いた。

メイドは小柄な若い黒人女性だったが、左手が萎縮し、手首から指の付け根まで白く変色していた。ラドロウはその手を見ないように努めた。しかし、彼女と会った全員がたぶんそうなるだろうが、ラドロウもその試みに失敗した。ラドロウはマコーマックさんにお会いしたいと頼み、名前を告げた。

メイドは礼儀正しく微笑むと、ふりかえって玄関ホールを横切り、階段のわきを過ぎ、左手のドアを通って姿を消した。右手にも開けっ放しのドアがあり、客間が見えていた。座り心地のよさそうな豪華な椅子が並んでおり、暖炉の上には嵐に見舞われたメインの海岸を描いた風景画が掛けてあった。メイドがもどってきて、ラドロウさん、どうぞこちらへ、といい、ラドロウは、わざわざ名前を呼ぶなんて、やっぱり礼儀正しい女性だと感心した。

通された部屋は、いたるところに彫刻をほどこしたオーク材が使われ、ラドロウの家でいちばん大きな部屋であるキッチンとほぼ同じ広さがある書斎だった。おまけに、天井まではたっぷり一・二メートルの余裕があった。

胡桃材のデスクに座っているのは四十代後半の男性だった。がっしりした体格で、白髪はほとんどない。息子とちがって、ブロンドではなく黒髪だ。ワイシャツの襟元をくつろげ、赤と青の縞模様のボタン留め式サスペンダーでゆったりしたベージュ色のズボンを吊っている。ラドロウはだれかを連想したが、だれなのかをすぐに思いだすことができなかった。男は力のこもった握手をし、開けっぴろげで愛想のいい微笑みを浮かべたので、ラドロウはたちまち不信感をいだいた。

「エイヴ・ラドロウさんですね？　お会いできてうれしいですよ。さあ、座ってください」

ラドロウはデスクの正面に置かれた椅子に腰をおろした。

「わたしをご存じなんですか、マコーマックさん？　わたしはメイドに、エイヴリーと名乗ったんですが」

マコーマックは笑って、「個人的に存じあげているわけじゃありません。そうじゃなく、あなたの店を知ってるんです。〈ラドロウ雑貨店〉を。何度も寄らせてもらってるんですよ」

名前を縮めて呼んだ説明にはなっていなかったが、ラドロウは追求しなかった。

「じつは息子さんのことでうかがったんですよ、マコーマックさん」

「マイケルと呼んでください。どの子のことですか、エイヴ?」

「ダニエルですよ」

「なるほど、ダニエルですか。あの子がなにか?」

「ダニエルはブローニング・オート5ショットガンを持っていますね? きのう、それでわたしの犬を撃ったんです」

「ダニエルが撃った?」

「わたしはミラーズベンドで釣りをしていました。そこに、ダニエルがほかのふたりの少年といっしょにやってきたんです。彼らはわたしから金を奪おうとしました。ピックアップのグローブボックスに二十ドルほどはいっている、とわたしは答えました。二十ドルでは不足だったようです。そういうわけで、息子さんはわたしの犬を撃ち殺したんです」

マコーマックはショックを受けたようだった。

「ダニーがそんなことをするはずはありませんよ」

ショックを受けた表情を信じるべきか否か判断をつけかねたので、善意に解釈することにした。この一度は。

「残念ながら、したんです、マコーマックさん。父親は、思っているほど息子をわかっているわけじゃないこともあるんですよ。撃ったのはダニエルです。ほかのふたりの子は、そばに立って見ていただけですが、ダニエルがショットガンを撃つと、声をあわせて笑いました」

「笑った？」

「ええ。犬を射殺するのはじつに愉快だと思っているようでした」

マコーマックは、つかのま口をぽかんとあけてラドロウを凝視してから、椅子をうしろへ押しやった。

「本気でいってるんですね？　犬があの子を追いかけたとかじゃないんですか？」

「犬は、わたしが座っていろと命じた場所に座っていました。わたしの命令に逆らうような犬じゃありませんでしたから」

マコーマックはかぶりをふった。

「もうしわけありませんが、わたしの息子はそんなことをする子じゃないんです」

「さっきもいったように、父親が息子を理解しているつもりになっているだけのときもあるんです。ダニエルは、〝メイベル娼館からの盗品〟とプリントされたTシャツを持っていませんか？」

「さあ」

「調べていただけませんか」

マコーマックはその頼みを思案しているらしく、目を狭めた。

「なにが目的なんです、ラドロウさん？　金銭ですか？」

ラドロウは、マコーマックがもうエイヴと呼んでいないことに気づいた。いまではラドロウさんになっていた。

「いいえ。この件に関して、どういう形であれ正義を求めているだけです。息子さんが自分の罪を認めて、自分がしでかしたことを、わたしとわたしの犬に目をつけたことを心から後悔し、善良な人物が望む程度の罰を受けてほしいだけなんです。わたしはそのためにうかがったんですよ、マコーマックさん。あの少年はあなたの息子さんなんですから」

「罰を受ける？　刑務所送りにしたいという意味ですか？」

「たとえば、ぶん殴るとかですよ。もっとも、わたしなら、ええ、警察へ引き渡しますね。息子が好きなときにまた同じことができると思いこむまえに」

「まだ警察へは通報していないんですね？」

「ええ、いまはまだ。あなたとダニエルが自主的に警察へ出頭していただけることを期待していましたから。そのほうがダニエルのためになると思いませんか？」

マコーマックは考えこんでから、身を乗りだした。

「いまのあなたの話が真実かどうか、どうしてわかるんですか、ラドロウさん？　証拠はありますか？」

「空薬莢がありますから、必要があれば、保安官事務所でブローニングと一致するかどうか調べられるでしょう。でも、直接訊いてみればいいじゃありませんか。息子さんは、わたしが来ていることを知っているんですか？」

「どうかな。たぶん知らないでしょう」

「呼んでください。話を聞きましょう」

「ほかにふたりいたということでしたね。どんな少年でした？」

「同じくらいの年の、太りすぎの子がいました。ジーンズと赤いTシャツという服装でした。Tシャツのポケットにたばこを入れていました。もうひとり、年下で痩せている子もいました。釣りについて多少の知識があるようでしたね」

マコーマックはラドロウをちらりと見てからデスクに視線を落とすと、つかのま、眉間に皺を寄せながら腕組みをし、デスクマットを睨んだ。そして受話器をとりあげ、ボタンを押した。

「カーラ、ダニーはどこだ？」

マコーマックはまたしてもラドロウを一瞥し、人差し指でマホガニーのデスクをとんとん叩きはじめた。

「それじゃ、二階へあがって、書斎へ来るようにいってくれ。ハロルドがいたら、いっしょに来させるように。わたしがすぐに来るようにいっていたと伝えるんだ」

ラドロウはハロルドという名前を心にとめ、どうやら一石二鳥だったようだと考えた。助かった。これで面倒を避けられる。

マコーマックは受話器をもどした。ラドロウは部屋の静寂を意識し、腰をおろしているふかふかの椅子と、家具用つや出し剤の強いレモンの香りを意識した。

「店を売ることを考えたことはありますか、ラドロウさん？」とマコーマックはたずねた。

「は？」

「あなたの店ですよ。売ることを考えたことはありませんか？」

「いいえ。一度もありませんね」

「土地は一エーカーというところですか？　もうちょっと広いかな？」

「ええ。一エーカーちょっとですね」

「利益は年に二万ドル前後じゃありませんか？　立ち入ったことをうかがってもうしわけあり

ませんが」

「かまいませんよ。そうですね、およそ二万ドルってところでしょう」

「でも、あそこはいい場所ですよ。雑貨屋にかぎらず、どんな商売にとっても。売る気になったときは、わたしとわたしの共同経営者に相談してください。思いきった値段で買いとらせていただきますから」

「覚えておきますよ」

「あなたのようなお年寄りにはきつい仕事でしょう、ああいう店は。大変な長時間労働ですし」

「それがあなたのお仕事なんですか、マコーマックさん？　他人の店を買いとることが？」

マコーマックは笑いながら、「仕事のひとつですね。何人かの友人とわたしは、土地の開発も手がけているんです。じつのところ、一号線ぞいに〈ホーム・デポ〉というショッピングセンターを建設したばかりなんですよ。一年かそこらで、あなたの店にとって強力なライバルになるでしょうね」

「競争は歓迎しますよ。こっちが弾き飛ばされないかぎりは」

ドアが開き、ラドロウがまだ、この男はどうしてわたしとわたしの店についてこれほどくわしいのだろう、どうやって情報を得たのだろうといぶかっているうちに、少年たちが部屋へはいってきた。ラドロウには、少年たちがすぐさま彼を見分け、どうして彼がここにいるのかをさとったのがわかった。年下の少年は、またぞろ恐れおののいたような面持ちになって、どうにか動揺を隠そうとしていた。しかし、犬を撃った少年は、ドアを閉めたときにはもう、ラドロウに気づいた顔から、当惑したような表情になっていた。それでラドロウは、この少年は性根が腐っているばかりでなく、ずるがしこいのだとさとった。

そしてラドロウは、マコーマックがだれを連想させたのかに気づいた。下の息子のハロルドだった。

「この人を知っているかね？」とマコーマックはたずねた。

ダニエルは肩をすくめて、「ううん。どうして？」

ハロルドは床を見つめたまま、首を横にふった。

「一度も会ったことがないんだな？」

「ないよ」

「まちがいないな？」

「うん」

「こちらはラドロウさんだ、ダニー。この人から、びっくりするような話を聞いたんだ。おまえたちがきのう、この人から金を奪おうとしたというんだよ。そして、この人の犬を撃ったと」

「ぼくたちが？」

マコーマックはうなずいた。

「冗談でしょ？」

「ラドロウさんは冗談をいっているわけじゃなさそうだ。そんなことはしていないというんだな？」

「してないよ」

「きのう、ブローニングを持ちださなかったか、ダニー？」

「ううん。車でプリマスへ行ったんだ。カーラに訊いてよ。ぼくたちが車に乗っているところを見てるはずだから」

「だれと？」とマコーマックは訊いた。

「ぼくたちふたりとピートだけだったよ」

「プリマス以外はどこへも行かなかったんだな？」

「うん」

「ミラーズベンドへは行ってないんだな？」

「どうしてミラーズベンドなんかへ行くのさ？」

「わかった。おまえは〝メイベル娼館の所有〟というプリントのあるTシャツを持っているか？」

「〝盗品〟ですよ」とラドロウは訂正した。

「〝メイベル娼館からの盗品〟？　とにかく、そういうTシャツを持っているのか？」

ダニーはにやっと笑って、「もしも持ってたら、きっと着てるだろうね」

この子はごまかし方がうまい、とラドロウも認めざるを得なかった。まったく悪知恵の働く少年だ。兄がうまくごまかしているので、弟までおちつきをとりもどしていた。

「だが、そんなTシャツは持っていないんだな？」

「うん」

マコーマックはふたりをしげしげと見つめてから、椅子をラドロウのほうへ回転させ、ため息をついた。

「というわけなんですよ、エイヴ。最初から、そんなはずはないと思っていました。息子はふたりともとてもいい子なんです。あなたがおっしゃったようなことをしでかすはずはありません。犬のことは心からお気の毒だと思います。ですが、ほかの二人組の子供と人違いをなさっているようですね。それだけのことですよ」

「二人組の子供ですって？　わたしはダニエルがやったとしかいっていないはずですが。ほかのふたりについてのわたしの説明をこのハロルドと結びつけたのは、あなたのほうじゃありませんか。もっとも、たしかにハロルドも、三人のうちのひとりでした。ダニーが名前を呼んでましたよ」

マコーマックはハロルドを見つめて、「そうなのか？」

「あの……」

「ところで、わたしのフライについて兄さんに嘘をついてくれてありがとう。何百ドルかにはなったはずだが、きみもそれに気づいてた。それを兄さんに黙っていてくれて、感謝するよ。だけど、わたしの犬についてはお父さんにほんとうのことをいってほしいんだ」

「あなたの犬なんて、ぜんぜん知りませんよ！」

どんな世間知らずでも、ハロルドの言葉には説得力がないと思ったことだろう。うまく嘘をつくこつは、嘘をついているあいだは自分がいっていることを信じ、真実から嘘へひょいと跳び移ることだ。ハロルド少年はその跳躍に失敗していた。もっとも、それはフライについてのラドロウの話が動揺を誘ったせいだった。

少年を熟知しているマコーマックも、嘘だと気づいたにちがいなかった。だが、マコーマックはなにもいわなかった。

「ほんとうのことをいってしまったほうが楽になれるんだよ」とラドロウはおだやかにいった。

「だって、知らないんです……」

ラドロウはハロルドに圧力をかけることにした。

「きみたち三人が、丘をのぼりながらあげていた笑い声が聞こえたよ。知ってたかい？」

ハロルドはいまにも泣きだしそうになっていた。

「もう充分だと思いますがね、ラドロウさん」マコーマックがいった。

ラドロウはそちらをふりかえって、マコーマックがはじめて本気で腹を立てていることを見てとり、声の冷ややかな抑揚のなさに気づいた。男は土地の売買をしているという。生き馬の目を抜くような取引ばかりにちがいない、とラドロウは思った。

ダニーのような人間が生まれるのには理由があるはずだ。

「この子たちがやってないといってるんだから、やってないんですよ」とマコーマック。

「どうやら人違いのようですな」

マコーマックは立ちあがった。

ラドロウは、帰れといわれていることをさとった。

ラドロウは、戦争中に、感情の抑え方を学んでいた。このときそれを実践した。

簡単ではなかった。

ラドロウが席を立つと、ダニーが微笑みかけた。ラドロウの人物を見定めて、これでもう心配はいらないと安心したかのように。疲れた老人を思いやっているかのごとく、ダニーはラドロウのためにドアをあけた。そしてそのあと、兄弟は戸口を離れて部屋の奥の父親のそばへ寄った。マコーマックの目のなかに少しでもためらいが見えないかと、ラドロウはつかのま立ちつくしていたが、動揺の色はまったくなかったので、とうとう向きを変えた。

「それじゃ」とラドロウ。「お願いしますよ」

「なんですって？」

「お願いしますといったんです」

「なにを？」

「正しい処分ですよ」

「正しい処分をすることも可能だったでしょうな。もしもあなたが正しい少年たちをみつけたのだったら」

「いえ、マコーマックさん、わたしは正しい少年たちのもとを訪れたんですよ。あなたが少年たちを正しくない方向へ導いたんです。何年もこの子たちを育て、いまも養っているあなたが、気づいていないはずはありません。どうやら、やらなければならないことができたようです。時間を割いてくださってありがとうございました」

ラドロウは戸口で立ちどまった。

「しばらくまえからわたしの土地に目をつけてたんですね？　買いとりたいと思ってたんでしょう？　だからわたしをエイヴと呼んだんだ。だからこそ会っていただけたんじゃありませんか？」

マコーマックは微笑んで、「じつのところ、そのとおりですよ。どうしてわかったんですか？」

「なにか理由があるはずだと考えたんです。そこが息子さんとちがうところなんでしょう。ダニーは理由を必要としてませんから」そういって、ラドロウは廊下へ出ていった。

5

一九五〇年夏、ラドロウは第二次世界大戦中に建造された年代物のC‐54輸送機——あまりの重さに滑走路に溝をうがった——で韓国へ降り立った。所属は第二十九歩兵師団。本国の将軍たちがみな公園を散歩するようなものだとみなした猛烈な嵐のさなかに到着した部隊の兵士は、国内で六週間の訓練を受けられるはずだった。ところが、掛け値なしの新兵だったにもかかわらず、緊急に必要とされていたため、釜山(プサン)へ到着後の十日間の集中訓練でまにあわせることになった。ところが、その訓練も受けられなかった。またもや予定はキャンセルされ、わずか三日で装備の扱い方と銃の照準の合わせ方を覚えることになった。その後、その命令まで撤回され、ただちに晋州(チンジュ)へ急行するはめになった。そして結局、本土で一日の訓練を受けただけで前線へ送られたのだった。

ラドロウは、みんな、自分がどれほど準備不足かをさとっていたことを覚えていた。ラドロウは、75ミリ無反動ライフルが、すでに烏山で第二十四師団を粉砕していたT-34戦車に対していかに無力かを知っていたし、兵士はみな、夏の猛暑のさなか、糞便の匂いが漂う――なにしろ肥料として人糞が使われていたのだ――農村地帯を走る輸送トラックに詰めこまれた、恐怖におののく若者だった。

空薬莢が水田に散らばって、きらきら輝く蝗が異常大発生したように見えるさまも覚えていた。薬莢の数の余りの多さに、水田全体に火薬の匂いがたちこめていたものだった。韓国人の死体が、流木のように川面を埋めているさまも覚えていた。死体は山腹にもごろごろ転がっていた。

兵士たちは、最初のうちこそ圧倒されていたが、すぐに慣れた。慣れなければ生き残れなかったからだ。この地でラドロウは闘うことをおぼえた。それから自分が正しいと思うルール、そして自分の知識と教練という厳しい声に可能なかぎり従うことを。たとえそれらが尽き果てても、手近にあるものを使い、どうにかして闘いつづけることを。

さもなければ、たとえば北朝鮮の人海戦術のごとく、世界は人を呑みこんでしまうからだ。

ラドロウはサム・ベリーのオフィスで腰をおろして話しはじめた。「彼らを追及したいんだ。きみならいい方法を知ってると思うんだが」

サムは高校時代にともにフットボールをして以来の友人の弁護士だった。サムならこの件に関するラドロウの気持ちをわかってくれるはずだった。なにしろサムは、飼っていた大きな純血種のアイリッシュセッター、バスターに命を救われたことがあるのだ。

サムは十一歳のころから狩りをはじめたベテラン・ハンターで、いつだって慎重に銃を扱っていた。だがこの秋で八年まえになるある日、ひとりで狩りに行くことなどめったになかったにもかかわらず、バスター以外はだれもともなわずに雉を撃ちに行き、不運に見舞われた。記憶にあるかぎりではじめて安全装置をかけ忘れたまま、からみあった茂みに足をとられたのだ。サムの指はショットガンの引き金にかけられていた。

見おろすと、右足のくるぶしのすぐ下から先がほとんど消えうせ、血まみれの肉がぶら下がっていた。上着を止血帯にしたが、血はどくどくと流れ、サムは自分がひとりで深い森にいるとき、急速にショック状態へおちいりかけているにもかかわらず、頭がぼんやりして帰り道を思いだせないことに気づいた。

犬の吠え声が聞こえ、犬が数歩走っては止まり、ふたたび吠え、走っては止まり、また吠えているのが見えた。

励まされているように感じたので、サムは犬についていった。最初は片足で跳び、つぎにショットガンを杖にし、最後は茂みのなかを這ったが、ふと気づくとそこは排水溝のなかで、もう這い進めないとわかった。まして、犬がいる坂の上までのぼれるはずがなかったから、サムはゆっくりとした細い流れのなかでじっと横たわっていた。

犬は坂の上で姿を消し、またあらわれた。姿を消し、あらわれた。

サムは温かくて心地いい夢を見たり、またさめたりをくりかえした。

しかし、バスターはサムを道路まで連れてきていた。少なくとも、そのすぐそばまで。道路は、サムの目のまえの坂をあがったところにあり、彼にとってその日は不運だったと同時に幸運でもあったことに、ふたり連れのハンターが車で通りかかり、その美しいアイリッシュセッターに目をとめた。猟犬はあわただしく道路を渡って行きつもどりつしながら、排水溝を見おろしては吠えていたので、あんなすばらしい犬がこんなところに一匹だけで、いったいなにをしてるんだろう、とふたりは不審に思った。ふたりは車を停めた。犬が坂のきわへ寄って吠えたので、ハンターが見おろすと、気をうしなったサムが配水管のなかで倒れていたのだった。

サムは右足の膝から下をうしなったが、ドッグフードを投げ捨て、犬が死ぬまで最高級のサーロインをふるまいつづけた。

だからこそラドロウは、サムならわかってくれるはずだと確信していたのだった。ところが、端から、サムは歯切れが悪かった。

「なるほど」とサムはいった。「おまえの証言があるだけで、強盗未遂は証明できないというわけだな。となると、この事件は動物に対する虐待ということになる。銃を使った未必の故意による行為になるかもしれん。この州ではD級の犯罪だ。軽罪だよ」

「軽罪？ まさか」

「そうなのさ。だが、それだけじゃない。いいにくい話だが、じつのところ、起訴まで持ちこめる自信もないんだよ」

「なんだって？」

「まず第一に、その子が十八歳以上だと考えよう。そうでなければ、せいぜいお尻を叩くことしかできない少年裁判所の扱いになるからな。だが、とりあえず十八歳以上だとしておこうじゃないか。こういう犯罪は、第一七章一三一一条の動物への虐待として地方裁判所の裁判官が審理することになってる。罰金は百ドルってところだ。理屈の上では、検事はもっと高い罰金を科することもできるがね。理屈の上ではというのは、ほとんどの検事が百ドルと若干の拘留で満足するからだ。法律上、動物虐待には最大限で三百六十四日間までの拘留を命じることが可能だ。とはいえ、事実上、まともな検事なら、三十日以上の拘留を科するなんてありえない。実際には、その子の場合、いいところ十日だな」

「十日と百ドルか」

サムはうなずいた。「そのとおり。なにがいいたいか、わかるだろう、エイヴ？ いいか、くそったれな召喚状を送達するだけで、政府は百ドル以上のコストを負担することになるんだ。

その若造を法廷へひっぱっていく費用はべつにしてもな。

ひどい話だよ。断言はできない。だが正直いって、この種の事件にかかわろうとする検事は多くないんだ。常習犯だったり、多くの家畜を殺したり傷つけたりしたのでないかぎりはな。いいか、これは所有物に関する問題なんだよ、エイヴ。法律上、動物は所有物なんだ。このメイン州だけじゃなく、全米のほとんどの州で。

さて、レッドの市場価値はどれくらいだった？　気だてがよくて忠実な雑種の老犬の現行価格はいくらだと思う？」

ラドロウは椅子をつかむ手の力をゆるめようとした。何日も食べるのを忘れているのを胃が告げているような、むかむかする空虚が胃袋のなかに広がった。なにかを殴りつけたかった。なにかを傷つけたかった。

あの少年を傷つけたかった。どうにかして。

「保安官に逮捕してもらうことはできるんだろう？　少なくとも、逮捕はできるはずじゃないか。そうすれば、あの悪童を震えあがらせられる」

サムはかぶりをふって、「逮捕できるのは、その悪童が引き金をひくところを、保安官が目撃したときだけだよ」

「なんだって？」

「動物に関する法律ではそうなってるんだ。銃器を用いた無謀行為についても同じでね。保安官が現場にいあわせなければならないんだ。だめだな。審問への召喚状を送達するのがせいいっぱいなんだよ。おまけにさっきいったように、それだって実現できるかどうかあやしいのさ」

「なんてこった」

「フェアじゃないのはわかってる。なにからなにまでフェアじゃない。だが、それが法律なんだ」

「そうだ、サム。あの子が撃ったことは証明できるぞ。空薬莢があればどうだ?」

「なんだって? なあ、エイヴ、自分がなにを要求してるのか考えてみろよ。地方検事に捜索令状をとってブローニングを押収し――おまえが充分に脅かしたことを考えれば、もう処分してしまっているかもしれないがな――その銃と空薬莢が一致するかどうか弾道検査をしろっていってるんだぞ。その子に召喚状を出し、証拠を固め、起訴しろと注文をつけてるんだ。それだけの時間と作業と費用を、もう葬ってしまった雑種のじいさん犬のために費やせっていってるんだ」

ラドロウが見つめていると、サムは椅子に腰かけたままおちつかない様子でもじもじした。これがはじめてではなかったが、サムは痩せる必要があるな、とラドロウは思った。サムが憂鬱そうなのは、話の内容のせいばかりではないだろう、とも。サムはもともと大柄だったが、事故以来、体を動かす機会がめっきり減った。そして筋肉が落ち、脂肪がついたのだ。ムーディーポイントに、ラドロウの友人は何人も残っていなかった。脳卒中や心臓発作でサムをうしないたくはなかった。だが、そういうことを話題にするのは彼らの流儀ではなかった。

「なあ」と弁護士はいった。「おまえの希望を簡単に叶えられるといえればいいと思うよ。だが、そうじゃないんだ。できることといえば、保安官事務所に電話をかけて、おまえが苦情を申し立てている、とトム・ブリッジウォーターに伝えることくらいだ。保安官はその苦情を、地方検事事務所へまわすだろう。わたしを通じて苦情を申し立てたほうが、多少は重みがあるだろうからな。おまえに電話をかけるか、おまえの家に寄ってくれとトムにいっておくよ。おまえは、家に帰って、少し休むんだ。そのあいだに、マイケル・マコーマックとその一家に対してなにができるのか、少し探りを入れてみる。少しでも役に立つかどうかはわからんが、やってみるだけはやってみるさ。兄弟はべつの子供のことを口にしたんだって？」

「ピートという子供だよ」

「その子が三人めの子供だと思うか？」

「ふたりは、一日じゅうその子といっしょだったといってた。プリマスへドライブしたとな。そう考えるほうが理にかなってる」

「わかったよ。ピートだな」とサムは書きとめた。

「恩に着るよ、サム」

「なにかできたときに感謝してくれ」サムは、つかのま、デスクのむこうからラドロウに目を凝らした。「最近、アリスと話したか？」

「たぶん、クリスマスにな」

「電話しろよ。なんてったって、たったひとりの娘じゃないか」

サムのひとり息子は死産だった。奥さんは二十年まえに亡くなっている。サムは天涯孤独なのだ。

「レッドはアリスの犬でもあったんだろう？」とサムはいった。

「ああ」

「それなら、なおさらだ」

ラドロウは立ちあがって握手をした。

「わかってるだろうが、死体を掘りかえさなきゃならなくなるかもしれんぞ」とサム。「そこまで話が進めばだが」

「やらなきゃならないことはやるよ」ラドロウは答えた。

「疑ったわけじゃないさ」サムはいった。

6

玄関から家へはいったとたん、暖炉や、それどころかソファや安楽椅子に染みついて消えない、嗅ぎ慣れた焦げた木の匂いがした。エンドテーブルの電話をちらりと見て、アリスに電話をかけなきゃならないのはわかってるさ、だがいまじゃなくてもかまわないだろう、とラドロウは思った。

もともと狭い部屋だったのだが、ラドロウがどっしりしたソファと二脚の詰め物をした安楽椅子を持ちこんだせいでいっそう狭苦しくなっていたし、壁の端から端まで本棚をつくりつけてあるので、その部屋は、居間というよりも書斎に見えた。テレビはなく——故障したときに買いなおさなかったのだ——電話のそばにラジオが置いてあるだけだ。ラジオをつけようかと思ったが、そうしないでキッチンへ行った。

冷蔵庫のなかに、おとといの夜、レッドといっしょに半分以上食べたローストチキンの残りがはいっていたので、それを出して皿に盛り、手づかみで食べはじめた。部屋は静かだった。しっとりとした冷たい鶏肉をむしる音や、関節の腱を引き裂く音が聞こえた。指をなめる音が響いた。

食べ終えると、食べかすを捨ててシンクのまえに立ち、朝食の皿とチキンの脂で汚れた皿を洗いはじめた。窓を見ると、日が暮れかけており、早くも蛾が光にひかれて集まっていた。すっかり暗くなるまでに、蛾は窓を覆いつくすだろう。想像を絶する欲望に衝き動かされて羽と羽を接しながら、うぶ毛の生えた腹をひんやりとなめらかなガラスに押しつけていることだろう。緑と白の大きな尾長水青蛾が蝙蝠のように窓で羽ばたいていることだろう。キッチンが静かなときは尾長水青蛾の羽ばたきが聞こえ、メアリや、猫のアダムや、修繕のまえの、本物の蝙蝠が屋根裏を飛ぶ音が聞こえたころの記憶が脳裏に蘇ることがあった。そんな夜には、とつぜん、ひとひらの影が頭の上から落ちてきたようにメアリの姿が浮かぶのだが、ふとわれにかえると、家にはレッド以外だれもいないのだった。

わたしはこの家で霊にかこまれてるんだ、という考えが浮かんだ。

八時に、トム・ブリッジウォーターが電話をかけてきた。ラドロウはサム・ベリーに話したことを話した。

トムは口をはさまずに耳を傾けていたが、ため息をついて、「くそガキどもは、なにをしたって逃げられると思ってるんだ。そして実際、たいていは逃げきっちまうんだからな」といった。ラドロウは、トムにも十代の息子がふたりいることを知っていた。そして保安官の息子であろうとなかろうと、ときどき問題を起こしていることを。D・L・フリーリーのドラッグストアで〈プレイボーイ〉と〈ペントハウス〉を万引きしたこともあったし、べつの少年の父親のウイスキーを飲み、そのまま車に乗って、午前二時に町なかを走りまわったこともあった。

トムは、空薬莢をなくさないようにしてくれといった。そしてあしたの朝いちばんに地方検事事務所へ電話を入れて、なにができるか話しあってみようと請けあった。サムと同様に、トムもあからさまに肩を持ってくれているが、やはりサムと同様に、地方検事がなにをしてくれるのかまったく自信がないらしいな、と思いながらラドロウは電話を切った。

冷蔵庫からビールを出すと、テーブルでそれを飲みほし、さらにもう一本飲んでから、背後の網戸を張った窓から聞こえる夜の音と夏のそよ風に耳を傾けた。テーブルに座ったまま両手の甲に頭をもたせかけてうたた寝をしてしまった。小さな女の子にもどっている娘のアリス・ラドロウ・パーマーが、家の裏手で、レッドを葬ったオークの木に吊るしてあった、とうの昔に落ちてしまったぶらんこに乗っている夢を見た。

遠くの丘の上に、ふたりの少年が立っているのが見えた。十四歳くらいの少年と、もうひとりのもっと年上の少年は、物陰で背をむけていた。それにもかかわらず、だれなのかわかった。そこに立っている少年たちを見て、ラドロウは深い悲しみを覚えた。アリスのほうへ歩みよって、夕食の時間だよと告げたが、アリスは首を横にふって、まだ、いやと拒み、丘の上の模糊とした少年たちを見あげた。

死んだ人が帰ってきたわ、パパ、とアリスがいった。でもわたしたちには、やらなきゃならないことがあるのよね。

ぎくりとして目を覚ましたラドロウが最初に気づいたのは、シンクの上の窓にたかって羽ばたいている蛾や昆虫だったが、すぐに物音を聞きつけた。家の裏をなにかが、蛾がやにわに騒ぎはじめるほど大きななにかが、すり足で進んでいるような音だ。立ちあがって窓に歩みよると、板張りの床に自分の足音が大きく響いた。鹿じゃないな、とラドロウは胸のうちで除外した。オークの木のそばの茂みに餌になる実がなっているこの時期に、家のそばまで来るはずはなかったからだ。洗い熊にしては大きすぎるし、かといって熊がこのあたりに出没することはめったにない。そして、ひょっとしたら人間かもしれない、と思いついた。

家には銃を置かない主義だったが、いまは銃があればいいのにと思った。熊にしろ人間にしろ、友好的であるはずはなかったからだ。

窓の外へ目をやったが、星のない夜がひろがっているばかりだった。

裏口へ行ってポーチの明かりをつけると、家のわきの丈の高い草のなかを通る足音が聞こえた。寝室の窓へまわると、背の高い人影が家の近くを走って坂を駆けあがり、道端の立木の向こう側へ消えるのがぎりぎりで見えた。

ラドロウはキッチンへもどった。シンクの横の調理台に置いたままで、家の外からも見える空薬莢のことを思いだし、それが窓のそばの騒ぎに関係があるのだろうかといぶかった。

ラドロウは空薬莢をポケットに入れた。

壁の時計を見ると、十二時過ぎという、娘に電話するには遅すぎる時刻になっていた。

居間へ行き、本棚から二十世紀初頭にロッキー山脈の炭坑で勃発した労働争議についての本をとってベッドへ持っていったが、州兵の出動にも、労働運動家マザー・ジョーンズにも集中できなかったし、寝なおすこともできなかったので、開いた本を膝に載せたまま横になっていた。本の重みが奇妙に心地よかった。そしてそのまま朝が訪れ、ベッドのそばの窓から射しこむ暖かな陽射しが背高泡立草(せいたかあわだちそう)の茂る野原から霧を払うのと同時に、ラドロウの夢を消し去った。

7

「言葉を濁されたよ」とサムはいった。ラドロウの手のなかの古臭いベークライト製受話器は、叩きつけるのに最適のもののように思えた。「保安官事務所へ空薬莢を持って出向いて、供述書に署名してほしい、とおまえに伝えてくれといわれた。それは起訴するつもりがあるという意味かとたずねたが、検討しておくとしかいわないんだ。見込みはないという返事よりはましという程度だな」

「店へ寄ってビルに様子を訊いたら、すぐに行くよ」

「そうしてくれ。ところで、マコーマック家について、いくつかわかったことがあるんだ。商工会議所の知りあいによれば、父親は近頃、金持ちとつきあってるらしい。いうなれば成金連中だがね。ポートランド・カントリー・クラブとか、そんなところでな。親父と同じで、トラック運送で財をなしたんだが、そのせいで、これまでずっと、上流階級には食いこめないできたんだ。親父のほうはとんでもないろくでなしだったようだ。おまえの腕と同じくらいの長さの逮捕歴があるんだ。ほとんどが泥酔と治安紊乱行為だ。息子のほうに前科はない。

土地を転がすのがお気に入りらしい。金をしこたま買いこんでる。結婚生活には問題がなさそうだ。奥さんの結婚前の名前はイーディス・スプリンガー。奥さんのほうの家系は植民地時代にまでさかのぼれる。家へ行ったとき、奥さんと会ったか？」

「いや」

「アル中だという噂がある。ばか高い酒ばかり飲んでるが、アル中にはちがいないという噂がな。ほんとかどうかはわからんが。

ようするに、うなるほど金を持ってるし、政治的影響力もあるが、つまるところ、ひと世代まえはただの田舎者だったのさ。いまじゃ、自分のことを農場主だとみなしてるようだがな。百エーカーの土地を所有し、ケープエリザベスのそばに家を持ち、海岸から離れたところで樅の林を育て、馬を飼ってる。すべて、管理はひと任せだ」

「その土地開発業っていうのは？　きのうは、わたしの店を買いとりたがっているようなことをいってたんだ」

「趣味といったほうがいいんじゃないかな。やつは断じて金を必要としてないよ。ただ、立地がいいのに寂れてる土地を買いあげ、そこをショッピングモールやチェーンストアがいくつもはいっている大型店やレストラン街にしたがってるだけだろう。現代的な生活の楽しみを促進するってわけだ。もちろん、やつの近所にそんなしろものはひとつもないがね。やつはポートランドを根拠とする投資家グループに属してるんだ。その連中は同じようなことをあちこちでやってる。ただし、バンゴアとかの州北部でな。ああ、それから、三人めの男の子がだれかもつきとめたぞ」

「どうしてわかったんだ?」

サムは笑って、「サリー・アボットという名前に聞き覚えはないか?」

「いや」

「昔々、わたしが女の子たちと遊んでたことを覚えてるだろう? サラと出会うまえのことさ。あのころは両脚ともそろってたから、金曜と土曜の夜は踊り狂ってたもんさ。しょっちゅう会ってた女の子のひとりがサリーだったんだ。とびきり美人だし、頭もいい娘だったよ。サラと出会ってなかったら、彼女と結婚してたかもしれんな。当時、サリーはオールド・オーチャード・ビーチに住んでた。いまは、ムーディーポイント高校で数学を教えてるんだ。二十年かそこらまえからな。サリーはマコーマック兄弟を両方とも知ってて、ふたりにはピート・ドーストという太り気味の友人がいることを教えてくれた。だから、たぶんおまえがさがしてるのはその子だろう」

「ドーストか。スペルを教えてくれ」

サムはスペルを読みあげた。

「サリーは三人についてなにかいってたか？」

「おまえが想像してたとおりだったよ。兄のダニーはトラブルメーカーだった。大きな問題を起こしたわけじゃないが、充分にサリーを悩ませたそうだ。去年卒業したが、いまでもしょっちゅう学校でぶらついてるらしい。女の子の憧れの的をきどっているが、実際そのとおりなのだろうとサリーはいってた。弟のハロルドがサリーのクラスになったことはないが、彼女の印象では、兄とちがって不良じゃないようだ」

「ドーストは？」

サムはふたたび笑った。「ピートに負けないくらい大きな口を叩くが、おつむのほうはからっきしだというから、そのうち知事にでも立候補するかもしれないな。なあ、言い忘れてたけど、わたしはサリーが大好きだったんだ。いまでも踊りにいってるかなあ」

ラドロウは電話を切ると、引き出しから電話帳をひっぱりだして、ドーストという名前をさがした。ドースト家は一軒しかなかった。住所はシーダーロード。ノースフィールドのような高級住宅地とは比べものにならない地域だが、ミラーズベンドにほど近い。だからあの日、少年たちは川辺へやってきたのかもしれない。

ラドロウは車で店へ行き、ビル・プラインのフォードの隣に駐めた。駐車場にその二台以外の車は駐まっていなかった。店へはいると、ビルは百ワットの電球の箱をあけて、針金製の棚に並べているところだった。入口の上のカウベルが鳴ると、顔をあげて微笑んだ。

「おはよう、エイヴ」

「やあ、ビル」

ビルは品出しをつづけた。ラドロウはビルの手が震えていないことを確認した。

夜になると、ビル・プラインは大酒を飲む。アル中といわれることもある。しかし、昼間のビルは、ラドロウがこれまでに知りあったなかでもっとも信頼のおける男だった。

それにラドロウは、ビルならどんな相手でもまるめこめるはずだと思っていた。

ビルは数年まえのある夜、閉店間際のラドロウの店にバクストンの男がはいってきて強盗を働こうとした事件で、地元ではちょっとした有名人になった。男は、一丁ではなく二丁の銃を持っていた。そしてひどく酔っていた。ひとりで店番していたビルは、命じられるままに、レジの中身を紙袋へあけた。そして、一丁の銃を見て、いい銃だねえ、それ、スミス&ウェッソンかい、とたずねた。男はうなずいて、ああ、スミス&ウェッソンの44マグナムさ、と答えた。ビルは、それを売ってくれないかと持ちかけ、しばらく交渉したすえに、値段の折りあいをつけた。

ビルがポケットから金を出すと、男はマグナムをカウンターに置いた。

するとビルは、もう一丁の銃――コルト・ディテクティヴ・スペシャル――を褒めはじめた。今度はいくらか安く決着すると、ビルはまたしても代金を渡した。そして男が第二の取引で受けとった金を数えているあいだに入口へ歩いていき、鍵をかけてから、カウンターのうしろへもどり、二丁の銃をとりあげて、警察へ通報したのだった。

男はメイン州で、いや全米でいちばんまぬけな強盗だということで、当時、ラドロウとプラインの意見は一致したが、この事件はたちまちムーディーポイントの歴史と伝説のひとつに数えられるようになった。ビル、それにラドロウの雑貨屋は新聞に載り、三年たったいまも、それが売り上げに貢献している、とラドロウは信じていた。

ラドロウは、ビルが酒を飲む理由を知らなかった。ビルはどうしても話そうとしなかった。けれども、酒はビルの仕事ぶりに影響をおよぼしていなかったし、いまも手が震えていなかったから、ラドロウにとっては問題ではなかった。

「注文しておいたコールマン・ランタンはもう届いてるかね？」

「今朝、届きました。裏に置いてあるんですけど、自分で検品しますか、それともおれがやりましょうか？」

「野暮用があるんだ。きょうも、ひとりで店を見てもらえないかな？」

「かまいませんよ。よけいに稼げるだけの話ですからね」

「たっぷり稼いでくれ。じゃあ、あとで。三時ごろになると思う」

「ごゆっくり。こっちは心配ないですよ。コールマンは荷を解いておきますか？」

「頼むよ」

ラドロウは車にもどると、なだらかに起伏する農地がひろがる丘陵地帯を抜け、鬱蒼とした松林へはいってシーダーロード・ヒルをめざした。

百十八番地はラドロウ自身の家と似たり寄ったりの小さな家だった。ただ、くたびれたまばらな日よけの木が植わっているわずかな間隔を置いて、両隣に家が建っていた。三軒とも、ものを捨てるのを厭う（いと）という家風を共有しているらしかった。ドースト家の場合、それをあらわしているのは、壁際で錆びて傾い（かし）でいる洗濯機とその隣のマットレスだったし、隣家では、タイヤの山と、切り株の上に置いてあってそこから生えているように見える古いV型八気筒エンジンだった。

三軒とも、庭は雑草にびっしりと覆われ、一着の古いオーバーのようになっていた。

ラドロウは木製のステップをあがってブザーを押し、しばらく待ってからノックをした。女性の声がウィリーという名前を呼ぶ声が聞こえたので、電話帳の〝W・ドースト〟のことだろう、とラドロウは察しをつけた。

玄関の、網戸の向こう側に姿をあらわした男は、ラドロウより三十センチ以上背が低かった。髪は白く、薄くなっており、息子同様に肥満している五十代の男だった。メタルフレームの眼鏡をかけ、鮮やかな白のTシャツを着、サスペンダーつきのズボンをはいていた。靴から人柄を推しはかれるとしたら、その男はだらしなく保守的だった。その紐でむすぶ黒い靴は古かったし、そもそも安物だった。

「ドーストさんですか？　わたしはエイヴリー・ラドロウです」

「知ってる」

「じゃあ、マコーマックさんとお話になったんですね」

「マコーマックが失業中の大工なんかと話をするもんか。やつの息子がうちの息子に電話をかけてきたんだ」

「ダニーですか？」

「ああ、ダニーだ」

「で？」

「で、とは？　いいか、ラドロウ、プリマスへ車で行ってた、とピートはいってるんだ。モールでぶらぶらしてたんだし、それどころか、そこでCDを二枚買ってるんだ。ばか高いCDを二枚。ショットガンやだれかさんの犬のことなんていってなかったのさ」

「たしかに車でプリマスへ行ったかもしれません。まえかあとに。どっちかはわかりませんが。でも、午後四時ごろ、三人はミラーズベンドにいたんです。で、わたしから金を奪えないとわかったとき、ダニー・マコーマックはわたしの犬を撃ち、あなたの息子さんはそれを見てダニーと声をそろえて笑ったんです」

男がおちつきをなくしたので、ひょっとしてドーストは、ピートが似たようなことをしでかしているのを見たことがあるのではないだろうか、とラドロウはあやしんだ。笑いながらそうしているのを。

「いいか……」男はいいかけた。

男のうしろから女があらわれたので、ラドロウは一家全員が太る体質なのだろうと考えた。その女は体格に比して小さすぎるジーンズをはいていたし、青と白の横縞のシャツも同じだったからだ。女はちりとりと箒を持っていたが、いけないことをした生徒に鉛筆をふる教師さながら、ラドロウにむかって箒を揺すった。

「ラドロウさん、話はぜんぶ聞いてますけど」と女はいった。「いったいなにを考えてこんなふうに押しかけてきたんですか？　マコーマック家に文句があるなら、マコーマック家にいえばいいじゃないですか。そもそも、聞いたところだと、たとえ男の子たちがほんとうのことをいっていないとしても――嘘をついてるなんて、断じていってませんけどね――あなたが苦情を申し立てなきゃならない相手はダニー・マコーマックじゃありませんか。どうしてわたしたちをそっとしておいてくれないんですか?」

「もうしわけありません。ですが、あなたがわたしの話を聞いたのなら、息子さんが強盗未遂の一味だったことをご存じのはずですね。それに、友人がわたしの飼い犬を撃ち殺すのを愉快だと思ったことも。そんな相手を、どうしてそっとしておかなければならないんですか?」

「あなたの犬を撃ったのは息子じゃないんですよ」

「息子さんはその場にいたんです。そして、友だちが撃つのを見たんです。息子さんに、それを話してほしいんですよ」

「息子は後悔しているかもしれないじゃありませんか。それは考えたんですか?」

「は? どうして後悔できるんですか? そんな出来事はなかったと主張しているというのに?」

女が夫を見、それからラドロウに視線をもどしたので、ラドロウは議論に勝ったことをさとった。

「いいですか」とラドロウはいった。「息子さんが勇気と良識を示して自分がやったことを告白し、保安官になにがあったのか、ダニー・マコーマックがなにをしたのかを話してくれたら、許すつもりでいるんです。あなたのおっしゃるとおりですよ。銃を撃ったのは息子さんじゃありません。それに、男の子は、冷酷な行為をしたあとで後悔することがあるのもわかってます。真実を話してほしいだけなんですよ。息子さんを説得してください。正しいふるまいをするように言い聞かせてください。わたしがお願いしてるのはそれだけです」

ラドロウはシャツのポケットからペンとメモ用紙をとりだし、自宅と店の電話番号を書いて、ふたりに差しだした。男はそれを受けとるために網戸をあけたが、雀蜂の群れが飛びこんでくるのを警戒しているように、ほんのわずかしかあけなかった。

「どうも」とラドロウ。「なるべく早く息子さんと話をして、返事を聞かせていただけるとありがたいです」

トラックに乗るとき、家のなかから大声が聞こえたが、なにをいっているのかはわからなかった。だが、三人の声が聞きわけられた。三人めの、めそめそしたかん高い声はピートだった。ふたりはピートをどなりつけて道理をわきまえさせることができるだろうかと考えた。

町にむかって車を走らせていると、雲が北のサバゴ湖のほうから流れてきた。口のなかに銅に似た刺激的な味を感じたので、夏の嵐が近づいているのがわかった。裁判所で車を停めるまでに、フロントガラスに十セント硬貨ほどもある大きな雨粒がいくつか落ちてきた。ラドロウは運転席側のウインドウを上げてから、まだ薄暗い外へ出た。

トム・ブリッジウォーターは、保安官事務所のデスクのうしろに座って、通りの先にあるアーニー・グローンのレストランで買ったクルーラーを食べ、コーヒーを飲みながら読書をしていた。手にしている本はエミール・ゾラの『獣人』だったが、トムは四分の三まで読み進んでいるらしかった。

「暇なようだな、トム?」

トムは微笑んで、書類の山の上に本を置いた。左の前歯には金をかぶせてあって、かぶせものをしていない右の前歯より長くなっている。金歯のせいで、田舎者のように見えた。だが、トムは田舎者ではなかった。南部のどこかの大学で犯罪学の学位を取得し、ムーディーポイント図書館の本をほとんど読破していた。蜜蜂を育てており、蜜蜂については州で随一の知識を誇っていた。ラドロウはふしぎだと思っていなかった。これもまた、人はたいてい見かけとちがっていることの証拠だとみなしていたのだ。トムは怠惰なだけだった。出世に関しても、歯にきちんとかぶせものをすることに関しても。

「とんでもない」トムは答えた。「書類仕事が山のようにたまってるんだ。きのうの女性の話、知ってるだろ? 九一号線のガソリンスタンドで料金を払っているときにふと外を見たら、男が車を盗もうとしてるところだったっていう事件さ。なんと、キーをつけっぱなしにしてたっていうんだ。おまけに、後部座席では六歳の娘が眠ってた。で、犯人は車をガソリンスタンドから出した。だが、それまでに、女性は運転席側のドアをあけて、片腕をハンドルに巻きつけながら、もう片方の手でそいつをひっかいたり殴ったりしようとしてた。男は女性をつきとばそうとした。女性は前部座席の下に手をつっこんで、〈クラブ〉を抜きだした。ほら、棒みたいな形のハンドルロックさ。そして、それで男を殴りはじめたんだ。男は女性を、体半分だけ車の外へ押しだした。結局、男は女性を四百メートルひきずったすえに、ファミレスの〈ロイ・ロジャース〉につっこんだ。女性は男を車からひっぱりだすと、〈クラブ〉で頭をぶん殴り、両脚を骨折させたんだ！　男は命乞いをした。こんな話を聞いたことがあるか？　おれたちはそいつを強盗と誘拐の罪で逮捕した。もっとも、そいつは女の子が乗ってることも知らなかったんだけどな」

トムは本を持ちあげて、「それにしても、ゾラのこの本はおもしろいぞ。ゾラは読んだことあるか？」

「ないな」

「読んでみろよ。『獣人』は走ってる列車の窓から殺人を目撃する男の話なんだ。そいつは、かねがね人を殺してみたいと思ってたんだが、踏ん切りをつけられないでいた。そこでそいつは、実際に殺人をやってのけたふたりにつきまとう。蛭（ひる）かなにかみたいに。それでふたりは気が変になりそうになるんだ。『ナナ』も読んだことがないのか？」

「ああ」

「いつか読んでみるべきだな、エイヴ。問題の男の子たちにも読ませたいもんだよ。それをいうなら、イヴリンにも読んでほしいがね。イヴリンが読むものといったら、くそったれな新聞だけなんだからな。子供たちはそれよりひどい。TVガイドを読んでるのを見られたら運がいいと思わなきゃならないんだ。空薬莢は持ってきたか？」

ラドロウは空薬莢を渡した。

トムは空薬莢を見つめ、匂いを嗅いでからポケットに入れ、クルーラーの最後のひとかけらを食べ終えると、使い捨てのコップにはいったコーヒーを手にとって立ちあがった。

「フィル・ジャックマンに会いに行こう」

サム・ベリーが電話でその検事補の名前を口にしていたが、ラドロウは面識がなかった。廊下を通ってジャックマンのオフィスへ行くと、ブルネットの美しい受付係がふたりの来訪を告げた。トムがすりガラスのドアをあけ、ふたりはなかにはいった。

室内は本と書類で散らかり放題だった。信じがたいことに、トムのオフィスよりひどかった。ジャックマンは上着を脱いでデスクのうしろに座っていた。完璧なウィンザー・ノットのネクタイをぶらさげている。読んでいたタイプ打ちの書類から目をあげると、まず雷がごろごろ鳴っている窓の外へ目をやってから、トムとラドロウを見た。立ちあがると、座っていたときの印象よりずっと背が高かった。ジャックマンは手をさしのべた。

た。

「ラドロウさんですね？」

ワイシャツの袖から出ている手首は、体のほかの部分と同様に細かったが、握手は力強かった。

「エイヴと呼んでください」とラドロウ。

ジャックマンはデスクから書類をとってラドロウに渡した。

「トムが作成した陳述書です。マコーマック家の息子たちに対する訴状ですよ。目を通して、まちがいや書き漏らしがないかどうか、確認してほしいんです。付け加えるべき事柄があったら申し出てください」

「とりあげていただけるという意味ですか？」

「起訴を検討しているという意味ですよ」

「検討ですか」

「地方検事の意向をたしかめなければなりませんからね。地方検事が決めることです」

「でも、ジャックマンさん、あなたの意見はどうなんですか？」

「なんともいえません。これまでのところ、あなたの側の陳述しかありませんし。とはいえ、相手は三人の少年だし、あなたは人望のある実業家ですからね。空薬莢は持ってきていただけましたか？」

「わたしが持ってます」とトム。

「よろしい」

ラドロウは書類を読んだ。トムはきちんとした仕事をしてくれていた。淡々とした無味乾燥な文章だったが、見落としはひとつもなく、ラドロウが苦心のすえに書きあげたとしてもこれ以上のものができるとは思えなかった。あれだけの読書が役にたってるわけだ、とラドロウは感心した。

「問題はなさそうですね」

ラドロウはジャックマンからペンを受けとった。デスクにかがみこんで〝原告〟欄に署名をしたとき、腰に刺すような痛みを感じた。戦争以来、神経の端にときどき覚えるようになった、おなじみの引き攣りだった。その痛みは脚まで走った。これ以上まっすぐに立ちつづけるのをやめさせるための、筋肉の陰謀のようなものだ。ラドロウは顔をしかめながら腰をのばしてけりをつけた。

トム・ブリッジウォーターが気づいた。

「だいじょうぶか、エイヴ？」

「背中がちょっとな。ときどき駄々をこねるんだ」

ラドロウはジャックマンにむきなおって、「で、どうなるんですか？」

「地方検事に話してみます。きょうの午後にも。話をしたらすぐに結果を知らせますよ。それまでは、もうマコーマック家へ行かないでください。それから、ドースト家の息子とも接触しないように」

「もう接触しましたよ」

「なんですって？」

「実際には息子とじゃありませんが。ここへ来る直前に両親と話したんです。ひょっとしたら手を貸してくれるかもしれません。さだかじゃありませんが」

ジャックマンはいらだちを隠すのがうまくなかった。真っ赤に染まった頰が本心をあらわにしていた。たぶんポーカーは得意ではないだろう。

「賢明だったとはいえませんな、ラドロウさん。彼らがあなたを名誉毀損で訴えることだってできるんですよ。わたしなら、もう二度と行きませんね」

「そんなつもりはありませんよ。この事件にはひとりの人間が巻きこまれていることを彼らに知らせたかっただけなんです。ラドロウという名前のどこかの人間じゃない、生身の人間が。もしも電話がかかってきたら、あなたに連絡するようにいいます。起訴していただければの話ですが。さもなければ……」

「さもなければ？」

「さもなければ、どうしたらいいのか途方に暮れてしまいます。なにかいい考えがあったら教えていただきたいですね」

今度のジャックマンの握手は、さきほどよりためらいがちだった。

ラドロウはトムといっしょに彼のオフィスへもどると、冷めたコーヒーを飲んでいるトムを残して、篠突く雨のなかへ歩みでた。

8

ラドロウがドアをあけて店にはいると、未亡人のエマ・シドンズがカウンターに置いた十セントと八セントの釘の箱の売り上げを、ビルがレジに打ちこんでいるところだった。エマは神さまよりも年をとっているが、大工仕事や修繕をいまだにぜんぶ自分でやっているのだ。避暑客の中年カップルが奥でキャンプ用具を見ていた。

エマは微笑みかけて挨拶し、ラドロウがすれちがうとき、「この二、三日、おたくの年寄り犬が匂いを嗅ぎながらうちのエヴァンジェリンを追いかけまわす姿を見てないわね」といった。

「死んだんだよ、エマ」とラドロウは答えた。

「なんですって?」

「男の子に撃ち殺されたんだ。日曜日にミラーズベンドへ行ってたときに」

「まあ。いったいどうして――」

「わけなんかないさ。ただの気まぐれだよ」

ビルが見つめているのがわかった。

「撃たれたですって？　年寄りレッドが？　なんてこった、エイヴ」ビルはいった。「どうしていってくれなかったんですか」

「隠してたわけじゃないんだ。死体は家の裏に埋めた。男の子の父親の家へ行ったんだが、たいして気にとめてないみたいだったな」

「どうするつもりなんですか？」

「告訴したよ。しかるべき法的処分がくだされるといいんだが」

「トム・ブリッジウォーターのところへ行ったんですか？」

ラドロウはうなずいて、「サムにも相談した。それで、ついさっき検事補に会いに行ったんだ。ジャックマンという男だよ。書類に署名してきた。あとはなりゆきを見守るだけさ」

ビルはかぶりをふった。

「まったく。おれにいわせれば、ガキってやつは、そういう、鞭で打ってやらなきゃならないようなことをするもんなんですよ」とビルはいった。奥のカップルにも聞こえるほどの大声だった。ふたりはふりかえってから、あわてて視線をそらした。

ラドロウは釘を袋に入れてエマに渡した。ビルは二十ドル札を受けとって釣り銭を渡した。

エマはラドロウのほうをむいて、手を彼の腕にかけた。エマはひどい関節炎をわずらっていたが、その手は蝶の羽のようにやわらかく、なめらかだった。

「気の毒に、エイヴ。エヴァンジェリンに盛りがついてるときには文句もつけたけど、レッドはいい犬だったわ。寂しくなるわね」

「ありがとう、エマ」

「わたしのアドバイスを聞いてくれる?」

「なんだい?」

「新しい犬を手に入れなさい。子犬を買って、すぐに連れて帰りなさい。ずっと気分がよくなるわ、ほんとうよ」

エマはラドロウの腕を叩いてから手をひっこめ、ふりむいてドアのほうへ歩きはじめた。

「とにかく」とエマ。「トム・ブリッジウォーターがそのちんぴらを刑務所へ放りこんで、鍵を捨てちゃうといいわね」

ラドロウは微笑んだ。

その日はじめて。

9

その日は暇だったので、店を閉めるまで、ふたりはほとんどの時間を在庫調べをして過ごした。ラドロウがビルに、もうあがっていいと言おうとしかけたとき、サム・ベリーがやってきた。ベリーがドアを押さえていると、グレーのビジネススーツを着た細身で黒髪の魅力的な女性が姿をあらわしてサムに微笑みかけ、アタッシェケースをふりながら入口からはいってきた。その女性は頭をふって顔から髪を払いのけながらカウンターへ歩みよった。そして笑みをラドロウにむけた。

「エイヴ」とサムがいった。「こちらはポートランドの〈WCAPニューズ〉のキャリー・ドネル記者だ」

「ラドロウさんですね」女性は手を差しだした。

握手をしながら、一日のうちに二度も女性の手に触れるなんて、珍しいこともあるもんだ、とラドロウは思った。

「ドネルです」

「キャリーはわたしたちの秘密兵器なんだ」とサム。「どうやら、秘密兵器こそわたしたちが必要としているものらしいからな」

「話についていけないんだが」

「ジャックマンは起訴を見送った。マコーマックはもう弁護士を雇った。カミングズという弁護士だ。よく知ってる男だが、掛け値なしのやり手だよ。彼らはもう地方検事に接触してた。行動は迅速だった。おまえがジャックマンと話をしてからまもなくだったんだ。たとえ空薬莢が一致しても、どこかで拾ってきた可能性がある、と彼らは主張してる。ひょっとしたらおまえが自分で自分の犬を撃ったのかも知れないとも。散弾自体を特定の銃と結びつけることは不可能だからな」

「よしてくれ。どうしてわたしがそんなことをしなきゃならないんだ？」

「するわけがない。肝心なのは、三人の男の子が否定している以上、この件にはわざわざ手間をかけるだけの価値がない、とフェルプスが判断したことなのさ。とりわけ、カミングズなんていう輩が名誉毀損だと騒ぎたてていてはな。ダニー・マコーマックを店から叩きだしたことはあるか、エイヴ？」

「日曜日までは、顔をあわせたこともなかったよ」

「そうだろうさ。だが、彼らはそういってるんだ。何カ月かまえ、ペンナイフを盗もうとしたという理由でダニーを叩きだしたというたわごとを。おまえを変わり者だと思わせようとしてるんだ。ダニーという少年に恨みを抱いている人物だとな」

ラドロウはかぶりをふって、「なるほど、そういうことか」

「それだけじゃない。ダニーは父親のまえで、おまえを知らないといったんだよな？　ところがマコーマック家の弁護士によれば、息子はふたりとも、おまえを知ってるといっているらしい。ここへ、この店へ来たときに知ったと。まあ、そういうわけだ。息子たちは、マコーマックの書斎でおまえといっしょにいるときにもそういったと主張してる。マコーマックもそのとおりだといってる。やつらは大嘘をついてるのさ。団結してるんだよ、エイヴ。がっちりとな」

「ピート・ドーストもか？」

「ああ」

「両親が言い聞かせてくれるんじゃないかと期待してたんだが」

「マコーマックがすばやく手を打ったんだ。金が動いたとしてもふしぎじゃないね。父親が失業中なのは知ってるだろ？」

ラドロウは女性の視線を意識していた。女性はいっときもラドロウから目をそらさなかった。この間ずっと、サムのほうには一瞥もくれなかった。うしろに立っているビルの沈黙も気になった。ビルは足もとの板がきしみもあげないほどじっとしていた。ラドロウは、こんなふうに全員の注目の的になっていることに居心地の悪さを覚えた。同情されているのはわかったが、怒りはいっそうつのった。ラドロウをとりまく人びとの視線は、間断なく吹きつける激しい風のようだった。全員を店から叩きだし、物を壊しはじめたかった。自分の所有物を壊すはめになるが、そんなことはどうでもよかった。

「だが、形勢を逆転する手だてはある」とサム。「少なくとも、一矢報いることはできる」

「どうやって?」

「このミス・ドネルさ」

「去年の冬、ラグレンジで事件があったんです」とキャリー・ドネルはいった。「郊外にトレーラーを所有している男性がいました。トレーラーは弟の土地に置かれていましたが、トレーラー自体はその男性のものでした。その男性は、市内にも家を持っていました。

どうやらその男性は、きびしい寒波に襲われたとき、三週間ほどトレーラーを空けていたらしいのです。男性はずっと自宅にいました。何者かが、おそらく実際には弟だと思いますが、動物福祉関係者に匿名の電話をかけました。虐待の訴えでした。保安官事務所が調査に乗りだしました。

トレーラーの外で、瀕死の犬が二匹発見されました。一匹は餌も水もまったく与えられていなかったし、もう一匹の皿に入っていた水はただの氷の塊になっていました。ステップのわきには、首に紐の巻きついた鵞鳥が死んでいたし、小屋の外には鎖つきの首輪で繋がれた兎が死んでいました。どちらも、かちかちに凍りついていたんです。トレーラーのなかでは、六匹の猫と三匹の犬が餓死してたし、ベッドルームの篭のなかではインコが死んでいました。そこいらじゅう、尿と糞だらけでした。カウチの上も、ベッドの上も、シンクの上も。どこもかしこも」

ラドロウはキャリーを見つめた。キャリーのしゃべり方は早口で歯切れがよかったし、絶えず両手を動かしつづけていた。茶褐色の目を大きく見開いて、ラドロウの目をビジネスライクにひたと見すえていた。

「最初、男は二、三日おきに餌をやりにいっていたと主張していましたが、やがて、弟が餌をやることになっていたと証言を翻しました。弁護士は、保安官事務所が扱うべき事件ではないと申し立てました。だれの占有物かをはっきりさせるべきだ、というのです。動物たちは、当時、その男性の占有物ではなかった、べつの場所に居住していたのだからその男性に責任はなかった、というわけです。動物たちは弟の所有物だったのだから、責任を負っていたのは弟のほうだったと」

「だが、動物たちはその男のものだった。弟のものじゃなく」

「そのとおりです」

「どうなった?」

「地方検事事務所は、何匹かの餓死した動物をめぐる家族の揉めごとに巻きこまれたくなかったのでしょう。彼らは訴追のとりさげを決意しました。少なくとも、まず新聞が、つぎに地元テレビ局がその事件を報道するまでは。ようするに、それをやろうというんですよ、ラドロウさん。検事に訴追を決断させたのは、マスコミと世論だったんです。ニュースになってしまった以上、訴追に踏み切らざるをえなくなったんです」

「で?」

キャリーはため息をついて、「結局、無罪になりました。裁判官は弁護側の主張を認めたんです。動物たちの占有者ではなかった被告の責任は問えないという判決でした」

「かといって、弟が告訴されたわけでもないんだろう?」

「ええ。告発されませんでした」

「それじゃ、動物はいったいだれのものだったんだ?」

「だれのものでもないということだったんでしょう。とにかく、法的観点から見れば」

「いいか、エイヴ」とサムが割りこんできた。「そのとき、悪人はまんまと逃げおおせた。今度もそうならないとはいえんさ。だが少なくとも、やつらを法廷に立たせられるチャンスはあるんだ。キャリーは優秀な記者なんだよ。だからキャリーに力を貸してもらおうと思ったんだ」

「この一件を、テレビで事細かに報道したいというのかね？」

「あなたに訴えてほしいんですよ、ラドロウさん。撮影班をミラーズベンドへ連れていき、事件現場であなたにインタビューしたいんです。実名は出さないで。現時点では、実名を出すと名誉毀損になりかねませんから。ただ、あなたが事件の経緯を話すんです。少年たちがなにをし、地方検事事務所がなにをしようとしていないかを。不躾な言い方をさせていただければ、視聴者のケツをひっぱたいてかっとさせてほしいんです！」

それで、歯切れのよい早口がどこのものかわかった。キャリーはゆっくりとした話し方も体得していたが、もともとの口調は弦楽四重奏団に混じったトランペットのようにめだっていた。

「あんたはこのあたりの出じゃないようだな、ミス・ドネル？」

「ニューヨークです、出身は」

「だと思った」

「よそ者だっていう意味ですか？」

「いや、そうじゃない」

「それなら、どういう意味ですか？」

「テレビに出る？　正直いって、うまくやれるかどうか自信がないんだ」

「心配はいりませんよ。一から十まで教えますし、あなたが満足するまで撮りなおしますから。二階に上げておいて梯子をはずすような真似はしません。約束します」

ラドロウは思案した。ラドロウはちゃんと映るテレビも持っていなかった。

「あんたは犬を飼ってないんじゃないかね、ミス・ドネル？」

「猫を」とドネル。「三匹飼ってます」

「猫か」

「ええ、三匹」

ラドロウはうなずいた。「わかった。やってみよう」

10

二日後の夜、ラドロウは、キャリー・ドネルがテレビ局から借りてきてくれたテレビで、六時のニュースに出ている自分を見ていた。

よれよれのシャツを着、ジーンズをはいたぶっきらぼうで頑固そうな老人が映っていた。しなやかなのは両手だけのその老人は、まず身ぶりで川のほうを示し、それから上り坂の踏み分け道を指さした。カメラが老人のまわりをぐるりとめぐった。少年たちと犬について語り、キャリー・ドネルの質問に答えて犬は妻のメアリからの誕生日プレゼントだったと答える自分自身の声が流れていた。奥さまは亡くなられているんですね、とドネルが訊き、画面の老人がうなずく。そして今度はレッドをうしなったわけですね、とドネルがたずね、老人がうなずく。

ちょっととまどっているように映ってるな、とラドロウは思った。そのうえ、怒っているのがはっきりわかることがラドロウを驚かせた。少年を不起訴にするという検事の判断について語っているとき、怒りはとりわけあきらかだった。ラドロウは、それまでずっと、自分は怒りを隠すのがうまいと思っていた。だが、嘘をつかないカメラは怒りをありありと映しだしていた。こうなることは最初から予期しておくべきだった。一目瞭然だった。

インタビューが終わると、ドネルはカメラのまえに立ち、全米で、動物を殺した、あるいは暴力的に虐待した犯人は、平均でもっとも重い罰金のわずか三十二パーセントしか科されておらず、最長日数のたった十四パーセントしか拘留されていません、と語った。ほとんどの犯人は、法廷で裁きを受けることすらないのです、とドネルはつづけた。そして、ある国の偉大さとその道徳的な発達の程度は、動物の扱い方によって計れる、という趣旨のガンジーの言葉を引用した。

ヨーク郡では、とドネルは締めくくった。エイヴリー・アラン・ラドロウが愛犬レッドのために求めている正義が物差しになるのです。

その演説がおこなわれたのはラドロウの姿が消えてからだったが、ラドロウは胸を打たれ、その話しぶりのおだやかな攻撃性に感銘を受けた。いまのところなにも思いつかないが、なんらかの形で彼女に感謝しよう、と決心した。

受話器ははずしたままになっていた。ニュースを見ているあいだにかかってくるといけないと思ってはずしておいたのだが、いま、電話機の横の受話器は、ラドロウを責め、誘っているように思えた。まだ娘に電話をかけていなかった。いまや全国の半分がレッドのことを知っている。娘にも知らせるべき潮時だった。じつのところ、とっくの昔に電話しておかなければならなかったのだが、まずなにか食べものを腹に入れ、一本か二本、ビールをひっかけておきたかった。

ステーキと卵を食べ、二本めのビールを飲み終えると、ラドロウはメアリの古い住所録で電話番号をさがした。メアリのきちんとした小さな字で書かれた番号が見つかった。その番号をダイヤルしたが、どういえばいいのかわからなくなって電話の接続ボタンを指で押し、もう一度ゆっくりとダイヤルした。呼びだし音が二度鳴った。そして娘の声が聞こえた。

「やあ、アリー」とラドロウはいった。

「パパ？」

「食事の邪魔をしたんじゃなかったかね？」

「いいえ。今晩はディックと外で食べることにしたの。いま、支度をしてるところ。市役所のそばにシーフードレストランが開店したから、行ってみることにしたのよ。パパは元気だった？」

「ああ、元気にやってるよ」

「電話しようと思ってたの」

「わたしもだよ。ディックは元気かい？」

「ええ。あいかわらず働き過ぎだけど。独立記念日が近づくたびに、ディックは頭がおかしくなりそうになるのよ。パレードを仕切ったり、公会堂でコンサートを開いたり、川で花火を打ち上げたり、広場でもっとたくさんの花火を打ち上げたりしなきゃいけないから。おまけに、それですべてじゃないの」

「ああ、ディックが忙しいのはよくわかってるよ」

「それが市長の部下として働くっていうことなのね。ようするにいつもどおり」

「おまえはどうなんだい、アリー？」

「在郷軍人病院で働くのはやめたの……知らせようと思ってたのよ、パパ……わたしたち、赤ちゃんをつくることにしたの」

「ほんとかい？」

「もう四カ月になるわ。いまのところ、成果はないけど。ディックの仕事が一段落したら、検査を受けなきゃならないかもしれないの。決まったわけじゃないけど」

「それはよかったな、アリー。いや、赤ん坊のことだが。ママが生きてたら――」

「わかってる。大喜びしたでしょうね」

「ああ」

「ほんとになんでもないの、パパ？」

「レッドが死んだんだよ」

「え？　いつ？」

「日曜だ」

「まあ」

つかのま、ふたりとも黙りこくった。沈黙が、ムーディーポイントからボストンまで、あいだになにも存在しないかのように伸び広がった。

「パパは、あのおじいちゃん犬をかわいがっていたものね」アリスがいった。「いったい――？」

ラドロウは娘に知らせたくなかった。

「ほんとにいい犬だったよ」

「新しい犬を飼いなさいよ、パパ。ぜったいそうするべきよ。まだ早すぎると思うかもしれないけど――」

「そう忠告されてるんだ。考えてるところだよ」

「いい考えだと思うわ。ひとりきりで暮らすなんて、よくないわよ。それはそうと、パパさえよかったら、しばらくうちで過ごしてもかまわないのよ。大歓迎だわ」

「部屋がないじゃないか、アリー。それに、ディックは仕事で忙しいし。おまえたちの邪魔になってしまう」

「そんなことないわよ」

「いや、そうだとも。おまえだってわかってるくせに。心配するな、こっちでだいじょうぶさ」

「おじいちゃんは？」

「おじいちゃんは不死身の男だよ。体にノックアウトされそうになるたびに、ますます元気になって立ちあがるんだ。病院や老人ホームじゃ、おじいちゃんの半分の年齢の人たちがしょっちゅう死んでる。だが、おじいちゃんは生きのびるのさ」

アリスは笑った。そして沈黙。

「ねえ、パパ、きっと――」

アリスがなにをいおうとしているのかぴんときた。いまはその話をしたくなかった。だが、そういうわけにはいかないらしかった。

「ビリーとは話してないんでしょうね」

「ああ」

「話すつもりもないのね？　いまみたいに寂しくてたまらないときも」

「だれが寂しくてたまらないなんていった？」

「パパ、こんな状態がパパにとっていいとは思えないの。ビリーは——」

ラドロウの背後で窓が砕け散った。

とっさに肘掛け椅子から床へ転げ落ちると、ラドロウの上に、そしてまわりにガラスが降りそそいだ。むきだしの腕や顔や首がちくちくし、電話線のむこうでアリスがあげている悲鳴が遠く、小さく聞こえた。棍棒のように握りしめている受話器から、「パパ！　パパ！」という叫び声が聞こえているなか、石が床板を転がって、ラドロウの目のまえで止まった。四本の輪ゴムで白い紙が巻きつけてあった。

「だいじょうぶだ、なんでもない」と受話器にいってから、立ちあがって窓へむかうと、車が砂埃を巻きあげて急発進する音が聞こえ、下の幹線道路をめざしてスターラップ・アイアン・ロードを疾走する、ヘッドライトもテールライトもつけていない黒っぽいセダンが見えた。

三センチほどの三角形の破片が片手のてのひらに深く食いこんでいた。板張りの床に血がしたたる音が聞こえた。

「ちょっと待っててくれ」受話器にそういうと、仰天して事情を説明してほしがっているアリスの声が聞こえた。「待っててくれ」とラドロウ。「なんでもない。すぐにもどってくる」

靴の下でガラスが砕け、こなごなになる音を聞きながら、ラドロウはキッチンへ行って手をシンクで洗い、ガラス片を慎重に抜きとった。破片をシンクに放ると、手をふたたび流水で洗ってから、ペーパータオルをひとつかみとって傷口に押しあて、出血を止めようとした。

それから、娘に嘘をつくために電話口へもどった。

「いったいどうしたの?」

「ちょっとしたトラブルさ。夜、近所の子供が石を投げて窓を割ってるんだが、いま、うちがやられたんだ。わたしはなんともない。てのひらをちょっと切ったから、手当をしにいっただけさ。心配はいらない。だが、居間に掃除機をかけなきゃならないようだ。もう切るよ。こっちは心配ないから、おまえは食事に出かけて楽しんできなさい。ただのいたずらだ。子供のいたずらだよ。それだけだ」

「たいしたいたずらね! まったく!」

「異論はないね」

「ほんとにだいじょうぶ?」

「約束する」

アリスを安心させ、電話を切らせてから手を見おろすと、丸めたペーパータオルが血で染まっていた。もっときちんと手当をする必要があった。薬戸棚をさがすと、ガーゼとヨードチンキと絆創膏(ばんそうこう)があった。体が震えていた。傷を洗って包帯をすると、居間にもどった。石を床から拾おうとしてかがむと、ひんやりする風が窓から吹きこんできて、カーテンをラドロウのそばまでそよがせた。

ラドロウは輪ゴムをはずした。紙をとりのぞくと、石は野球のボールほどの大きさだった。どこかの川か小川から拾ってきた石らしく、すべすべにすり減っていたし、海にあったことを示す匂いはまったくしなかった。ラドロウは紙を広げ、ひっくり返した。雑誌から切り抜いた文字と単語が貼ってあった。

TV映りがよかったじゃないかくそじじい

一生に一度の

出援だからな

ハハハ

ラドロウは〝出援〟という誤字に気づき、わざとだろうかと考えた。そして〝一生に一度〟の出演というのは脅迫を意図しているのだろうかといぶかった。紙をテーブルに置き、石を重しにすると、割れた窓をふさぎに行った。

11

「その文章の意味は見当がつくわ」とキャリーはいった。

ラドロウは、ポートランドから車でやってきたキャリーと、アーニー・グローンの店で夕食をとっていた。テレビ局が勘定を持つのだから、もっとしゃれたレストランへ行こう、とキャリーは主張したのだが、ラドロウは、ここのほうがくつろげるといって譲らなかったのだ。

「テレビ局に関するかぎり、このネタはきのうの放送でおしまいっていう意味よ。石を投げた人物は、それをよく知ってるってわけね」

キャリーはポーターハウス・ステーキを、生きものを相手にしているかのようにぐさりと突き刺した。

「続報はなしっていうことかい？　ぜんぜん？」

キャリーは身を乗りだした。目がぎらぎら輝いていた。腰をおろしたとたん、キャリーがかんかんになっているのがわかった。ラドロウが押し隠そうとして失敗していたのと同じくらい、怒りをあらわにしていた。

「今日はマコーマック家へ行ってみようと思ってたの。現時点ではそれが当然だもの。だってあたりまえでしょう、ダニーの視点から事件を語ってもらうか、少なくとも本人か父親の〝ノーコメント〟をビデオにおさめるのが。わたしたちの面前でドアを締めさせるのだって、なんだってかまわないのよ。そうしたら、カメラクルーを連れて出かける間際に、編集主任が、歯にホウレンソウの切れ端をつけて一日じゅう笑っていろと命令されたみたいな顔ではいってきたの。残念だっていってたけど――実際に残念がってたわ。エイヴ、主任が残念がっているのはわかったの――かわりにアパートの火事の取材に行かされたのよ。どうってことのない火事だった。焼死者だってひとりもいない火事だったのよ、エイヴ。とりたてていうほどの怪我をした人だっていないの。どういうことかわかる?」

「手を引くように命じられたのか」

「正解。だけど、主任は悪い人じゃないのよ。主任は、わたしがいまもこの田舎町のテレビ局に勤めている理由のひとつなの。主任はいかにも決まり悪そうな顔をしてたわ。ふたりともなにがどうなっているのかを承知してるのがわかってたのよ」

「そんなことができるのはだれだい?　主任をそんなふうにひきさがらせることができるの

は？」

キャリーは肩をすくめて、「局のオーナーのひとりにちがいないわね。自分の考えだったのか、それともスポンサーから圧力をかけられたのかはわからないけど。大手のスポンサーならありえるわ。だれが手をくだしたのかはわからない。だけど、コネが活用されたことはたしかね」

「主任は教えてくれなかったのかい？」

「聞いてみたのよ、エイヴ。嘘じゃないわ。あと少しでいますぐ辞めるっていうところだったし、主任にもそれがわかってた。だけど、フィルは責任転嫁をしないタイプなの。局を運営するためにやらなきゃならないことはやる人なの。たとえ自分が気にくわないことでも。こういうむかつくことでも。屈服するというのが彼の決断なら、実際にそうだったんだけど、いくら非難されても自分で受けとめてしまう人なのよ。

この件に関して主任が、もしもわたしが彼の立場だったとしてもそれ以上は望めなかったほど激しく抵抗したのはまちがいないと思う。だけどこの業界では、ときどき、どうしようもないことがあるの。金持ち連中の言いなりになるか、それとも飛びだすか、それ以外に選択肢が存在しないことが」

「こんなことで辞めてほしくないな、ミス・ドネル」

「わたしも、あなたが喜ばないだろうと思ったのよ。だけど、お願い、キャリーと呼んで。それに、わたしはフィルにも辞めてほしくなかった。だから追及するのをやめたの。臭いものに蓋(ふた)をしたのよ」

キャリーはべつの肉片をぐさりと突き刺したが、フォークを皿の上に置き、ビールを飲みほした。ラドロウもビールを飲んでしまっていたので、グロリアに合図して、ふたり分のビールを注文した。ラドロウのポークチョップは手つかずのままだった。

「きみがしてくれたことには感謝してる」とラドロウ。「きみがやろうとしてくれたことに。だれもが気にかけてくれたとは思えないからね」

「わたしはまだあきらめてないわよ、エイヴ。まだ。なにかネタはないかと考えてるところなの。無視するわけにはいかなくなるような、大きなネタを。どんなネタがあるのか、いまは思いつかないけど」

ラドロウは運ばれてきたビールをひと口飲んだ。

「検察が起訴を見送っても、訴訟を起こすことは可能だとサム・ベリーがいってたよ。自分で鑑識を雇い、ショットガンの提出命令をとれれば、ひょっとして勝ち目があるかもしれないと。いくらかかったってかまわないが……かなりの金額になるだろうな」

口に出してそういうと、ほとんど絶望的な気分になった。そんな成果は、犬の命と比べたら、少年の卑劣さと比べたら、あまりにもちっぽけだった。たとえ、少年に前科がついたとしても。ラドロウには、キャリーも同じ気持ちなのがわかった。

「訴訟だけじゃ足りないわ。毎日、だれかがだれかを訴えてるんだもの。ニュースにはならないわね」

キャリーのいうとおりだ。訴訟なんかなんにもならない。

ラドロウには、いつもの彼が期待する場所、つまり法律のもとで、そして人と人との関係で尊重されるあたりまえの良識のもとで報いを求めるつもりはなかった。ラドロウは、キャリーのいう無視するわけにはいかないなにかのことを考えながら、目のまえの皿に、食べる気をなくし、うち捨てたチョップに目を落とした。この数日後、ラドロウは、自分を駆りたてたのは、そのポークチョップと手つかずのまま皿に残されていたそのほかの料理だったのではないかと思うことになる。きっかけはそんな些細なものだったのかもしれないと。

「ミス・ドネル……」

キャリーはとがめるような目で見た。

「キャリー、勘定をすませてここを出たいんだ。もしきみがよければだが。あらためてお礼をしたいんだ。ほんとうに親切にしてもらったから」

「ええ、いいわよ」

ラドロウが勘定書を持ってきてくれと頼むと、キャリーがクレジットカードで支払った。

「寝酒をおごってちょうだい、エイヴリー。本物のバーで、本物のお酒を。飲みたい気分なの。しばらく、腰をおろして話をするだけでもいいわ。事件の話は抜きで」

キャリーは身を乗りだした。内緒話だ。いたずらっぽい表情になっている。

「ところで、ここのウェイトレス、あなたに気があるみたいね。気がついてた？」

「グロリアかい？」

ラドロウは見まわした。グロリアは、ふたつ離れたテーブルで、シドとナンシーのピアース夫妻のまえにビールを置いていた。グロリアはふりむいて、ラドロウに微笑みかけた。

「わたしは彼女のおじいちゃんでもおかしくない歳なんだぞ」とラドロウはいった。

キャリーは笑って、「あなたはスターなのよ、エイヴ。きのうの夜、テレビに出演したじゃない。いまじゃ、あなたは魅惑的なの」

「ほお」とラドロウは応じた。「だとしたら、大統領はいまもニクソンだな」

12

この上なく単純な動作だった。バーの駐車場で、キャリーのためにドアを開けてやったとき、彼女がふりかえって、唇を重ねてきたのだ。

キャリーが銃を抜き、引き金をひいたとしても、こんなに驚かなかっただろう。

13

窓から射しこむさやかな青白い月明かりに浮かぶドレスを見つめながら、ラドロウは、これだけの歳月のあとで、自宅の寝室に女性がいることに驚いていた。そして、自分よりずっと若く聡明なこの女性が自分を求めたことに、それ以上に仰天していた。裸体が服で隠されるのを見たときは、秋空を鳥が渡るのを見たときのようなもの寂しさを覚えた。キャリーはドレッサーの上の写真立てを見ながらブラウスをたくしこむと、その写真をとりあげて、月明かりへむけた。

「この人がメアリ？」

「ああ」

「きれいな人ね」

「自分ではそう思ってなかったがね」

「それなら、メアリはまちがってたんだわ」

キャリーはその写真を置くと、今度は隣の写真を手にとった。

「この人は娘さんね？」

「ああ、アリスだよ」

「いくつのときの写真？　はたちくらい？」

「結婚するまえの年の写真さ。いまは二十三だ」

「若く見えるわね。あなたにそっくり」

ラドロウは笑い声をあげて、「まいったな。似てないと思うんだが」

「あなたに似てたって問題ないじゃない。で、あ、な、た、は何歳なの？」

「きみに歳を訊いたかい？」

「いいえ」

「それなら、いいじゃないか」

「歳を気にしてるなんて思ってなかったわ」

「わかったよ。六十七だ。八月で六十八になる」

キャリーはあとから手にとった写真を最初の写真の横にもどした。「息子さんたちの写真は？　ここにはないけど」

「息子はいない」

キャリーはベッドのラドロウの隣に腰をおろすと、手を彼の手の上に重ねて前かがみになった。まだブラウスのボタンをとめていなかったので、ほっそりとした鎖骨が見えた。重ねられた手以上に、やわらかな白い肌を目にしたことが慰めとなって、とつぜんの震えを止める役に立った。

「いいえ、いるわ。サムから聞いたの」

「サムは話すべきじゃなかったな」

「話したくないなら、無理に聞きだすつもりはないわ。だけど、サムを責めないで。わたしは記者よ。わたしはなんでも探りだすの。サムはいい友だちじゃない」

ラドロウはうなずいて、「あれが起きた当時、あいつはこれ以上ないくらいよくしてくれたよ」

ラドロウはため息をつきながら、枕の上に起きなおった。

「息子たちのことを知りたいのかい？」

「話すのが嫌でないなら」

「わかった。ティムは十一、上の息子は二十四だった――」

「ビリーね」

「ああ。あいつの名前はほとんど口にしないんだ。アリスと話すときだけだな。アリスは、いつだって、あいつのことを持ちだすから。アリーにあまり電話をかけないのは、そのせいなんだよ。それじゃいけないとわかってはいるんだが……」

「同じ話を繰り返したくないのね。ごめんなさい、それなのに聞きだしたりして」

「いいんだ。べつに気を悪くしてるわけじゃない。以前なら、へそを曲げてただろうがね。だが、アリーの場合は話がちがうんだ。アリーは、わたしがやつと連絡をとりあうべきだと思いこんでるのさ。それがわたしにとっていいことだと。わたしはそう思っていないんだが。いま困っているのは、どこから話しはじめていいのか見当がつかないということなんだよ」

「ティムのことから話して」

「ティムは遅く生まれた子供だった。わたしは四十八で、メアリは四十二だった。だからあの子は、わたしたち夫婦にとって、いうなれば思いがけない授かりものだったんだ。ためこんだがらくたをぜんぶ処分して、屋根裏をあの子の寝室にした。ティムはいい子に育った。手のかからない子供だった。アリーと母親によくなついていた。

ビリーは最初からちがってた。だからこそ、わたしたちはやつをいっそうかわいがったんだ。そういう気持ちはわかるだろう？　ほかの子供があっさりこなしているように思えることに四苦八苦している男の子を見ると、不憫（ふびん）になってしまうんだ。わたしには、やつが、せっかくの幸運をいつだって自分で台なしにしているように思えた。やつが高校二年のとき、野球の試合をするというので、コーチをしてやったことがあったんだ。やつはすぐにメンバーを集めた。やつはショートだった。そして、二度めの試合の直後、駐車場の縁石につまずいて、脚を折ってしまったんだ。ちなみに、その試合は、やつが強烈なライナーをよけたせいで負けてしまった。だからチームメートは、やつが抜けてもたいして残念そうじゃなかったな。

やつに嘘をつく悪癖があるのはわかってた。なにかというと嘘八百を並べたてるんだ。この家の裏から、小川の岸辺で人が死んでいるのを見たといったこともあった。まだほんの子供のころ、たぶん七つか八つのときだ。だが、わたしたちはやつの話を真に受けた。もちろん、死体などありはしなかったよ。

大学三年生から進級できなかったとき、やつは中退して、この町の〈クローヴァーズ金物店〉で働きはじめた。しょっちゅう残業をし、遅くまで帰らなかった。わたしたちは、メアリとわたしは、やつを甘やかしすぎたんだ。とはいえ、やつは最初からああだった。自分を抑えられなかったんだ。だれもがやつを大目に見た。クローヴァーじいさんも含めて。もっとも、しばらくして、結局、首になったがね。

軍隊にはいれば、やつも一人前になるんじゃないかと思いついた。少しは規律を守れるようになるんじゃないかと。わたしの場合は、それがうまくいった。やつはそのころ、どっちにしろ家を出たがってたんだろう。あんなふうにわたしの話に耳を傾け、言いつけにしたがうなんて、めったにないことだったからな。やつは海軍に入隊した。そして九カ月後、第八項で除隊になったんだ。どういう意味か知ってるかい？」

　キャリーはうなずいた。「神経症ね」

「軍隊では、たしか〝不適格〟というんだがな。いずれにしろ、わたしはやつをまた同居させるという過ちを犯した。わたしもメアリも、当時、そんなことはするべきじゃないとわかっていたと思う。なんといっても、あの子は〝不適格〟だったんだから。いったいやつになにができたのか、どう生きられたのか、いくら頭をひねったって——なにひとつ思いつかないよ。しばらくのあいだ、やつは——二〇二号線のガソリンスタンドで——アルバイトをしてたんだが、自分のおんぼろビュイック用にパーツを盗んで首になった。ぜったいに盗みを認めようとしなかったがね。ある晩、トム・ハーディンの家にはいった泥棒も、たぶんやつだったんだろう。証拠はない。だが、たしかにあの家には泥棒がはいったし、やつはとつぜん金まわりがよくなったんだ。やつの話は信じられなかった」

「まあ。大変だったわね。どんな対策を講じたの？」

「わたしがかい？　しくじったよ。大失敗だった。メアリがいなかったら、五、六回はやつを叩きだしていただろうな。やつは最初の子供だったから、メアリは見捨てられなかったんだ。

だが、あのころ、この家では、会話するよりも、どなりあうことのほうが多かった。結局、ビリーは毛ほども変わらなかった。やつは、相手の目をまともに見つめながら、ぬけぬけと嘘をついた。自分で自分の嘘を信じてるみたいだった。ほんとに信じてることも多かったと思う。

そのころ、やつはもっぱら空想の世界で暮らすようになった。キャシー・リー・スタッツっていう地元の女の子とつきあいはじめたんだが、その娘もやつに負けず劣らず狂ってた。ふたりでポートランドまで車を飛ばしては、黒魔術だのオカルトだのの本を買いこんできたんだ。ふたりしてチェーンを首にかけ、やつの部屋で黒い蠟燭をともした。どうやって金を都合していたのかはわからない。やつは働いてなかった。トム・ブリッジウォーターからあとで聞いたんだが、娘のほうはポートランドで体を売っていたんだそうだ。ちっとも意外じゃなかったよ。

もっとも、スタッツっていう娘とつきあいだしてから、なにはともあれビリーはほとんどこの家に寄りつかなくなった。もっぱら、娘の部屋で過ごすようになったんだ。ある日の午後、わたしがこの家の居間にはいると、ふたりは床にチョークで描いた円の真ん中に座りこんでいた。で、ばかな真似はよそでやってくれとわたしはいい、彼らはそれに従ってくれたってわけなのさ。だからそのあとしばらく、この家には、少なくともささやかな平和がもどっていたんだ。水を飲むかい？」

「わたしが持ってくるわ」

「いや、わたしが持ってくるよ」

ラドロウは立ちあがると、裸のままキッチンへむかいながら、女性のまえでそんな格好をしているというのに、ちっとも決まり悪さを感じていないことにちょっぴり驚いた。窓から射しこんでいる月明かりが、肌にひんやりとあたっているのが感じられるような気がした。月光は壁を青く染め、影を冷えびえとした暗色で満たしていた。ラドロウは蛇口からコップに水を注ぎ、ひと口飲むと、ふたたび水を満たしてから寝室へ持っていった。キャリーはそのままの姿勢で座っていた。その横のベッドの上に、ラドロウのパンツがあった。キャリーは手をのばしてコップを受けとろうとしかけて、ためらった。ラドロウはコップを渡すと、パンツをはいて、キャリーが水を飲むさまを見つめた。キャリーは微笑んで、コップを返した。親指と親指が軽く触れた。

「すぐにもどらなきゃならないのかい？」

「帰らなきゃならないの。いますぐってわけじゃないけど」

「気にしないでくれ。べつに文句をつけてるわけじゃないんだから。それにしても、どうしてなんだ、キャリー？　どうしてわたしみたいな男と？」

「あなたみたいな老人とっていう意味？　父親みたいな年齢の男の人とって？」

「それ以上の歳だよ」

「もっと、ずっと、ずっと若い男とつきあえるのに、よりどりみどりで男を選べるのにって訊いてるのね？」

「きみなら、そうかもな。ああ、そのとおりだよ」

キャリーは笑いながら首をふって、「エイヴ、あなたくらいの男の人の唯一の問題は、ときどき、ばかな若造にもどったみたいな考え方をすることなのよ」

「ほお」

「気にしないで。腰をおろして、残りを聞かせてちょうだい」

話すのが嫌なわけではないといったものの、これだけの歳月がたったいまでさえ、気が進まなかった。ここで起きたことは、そもそも最初からラドロウの心にのしかかり、何度語ろうが、それとも語るのを拒もうが、いっこうに楽にならなかった。言葉には、それ自体に重さがあった。話しながら、今度はどれほど重いのかを実感するほかなかった。

ラドロウは、ベッドのキャリーの隣に腰をおろした。

「しばらくして、そのガールフレンド、キャシー・リーがほかの男とつきあいはじめた。たぶん、やつより金まわりのいい男だったんだろう。なにせ、それ以来、やつは金をほしがってばかりいたからな。少しのあいだ、また働きだしたくらいだ。やつのやることなすことのおもとにあるのはキャシー・リーだった。彼女のためになにかをしてやったり、彼女になにかを買ってやったりすることしか考えてなかったんだ。

事件が起きた夜、わたしはビル・プラインと店にいた。半年ごとの棚卸しをしていたんだ。アリーもいっしょだった。アリーは小さいころから数字に強くて、棚卸しの手伝いをしたがったんだ。真冬だった。ティムはこの家の二階の寝室で寝てた。メアリはキッチンで本を読んでいた。棚卸しが終わったのは十一時半ごろだった。

二、三日、ビリーは顔を見せていなかった」

ラドロウは残っていた水を飲みほし、コップをキャリーのうしろの窓敷居に置いた。頬にキャリーの息を感じ、キャリーの髪の匂いに気づいた。キャリーが顔を近づけてきた。キャリーの顔は見たくなかった。いま、このときは。

「あとで供述したとき、やつは嘘をついた。いつもの嘘とはちがってた。あることについて嘘をつき、あとでそれについて本当のことをいい、ほかのことでまた嘘をつき、いくらか本当のことを話し、それからまた最初のことや、まったくべつのことで嘘をついた。そんなふうにして喋りつづけたんだ。

そんな話をつなぎあわせてわかったんだが、ビリーはその夜、早い時間に金を無心に来たらしい。メアリははねつけた。金が必要なら、店へ行って、わたしに頼めといったんだ。だがやつは、わたしからは一セントだってむしりとれないと知っていた。そのころには、わたしは腹をくっていたからね。それで、口論になった。やつは出ていった。だが、十一時まえに、やつは家にもどってきた。またしても金をねだり、またしてもメアリから断られた。

理由はわからないが、やつはレッドをこの寝室に閉じこめた。まさにこの寝室に。たぶん、レッドが吠えたんだろう。たんなる推測だがね。

それから、やつはキッチンへもどって、メアリを力まかせに殴りはじめた。殴れば金をとれると思ったのかもしれないし、例によってかっとなっただけかもしれない。とにかく、やつはメアリに暴力をふるった。ぐったりしたメアリを見て、殺してしまったと思いこんだんだろう。というのも、やつは……やつはそのあと……くそっ！」

「無理しなくていいのよ、エイヴ」とキャリーはふたたびラドロウの手をとった。

ラドロウはすべてを感じとった。この夜、帰宅したときに期待したすべてを。

ラドロウはキャリーの手を握りかえした。

「ごまかさなければならないと考えたんだからな。やつは外へ出て薪小屋へ行った。しまってあったコールマン・ランタン用の缶入り燃料をとると、屋根裏の寝室へ上がって、ティムにランタンのオイルを浴びせた。ぐっすり眠っていたわたしの息子に。

やつは火をつけたマッチを放ると、寝室のドアを閉め、鍵をかけた。やつはティムを焼き殺したんだ。屋根裏の寝室で。

だが、オイルは灯油やガソリンほど高熱にならない。たしかにティムは死んだ。全身に燃料が染み通っていたからな。ところが、燃えたのは、ティムの体と、ティムが寝ていたマットレスだけだった。カーテンすら、燃えあがらなかったんだ。

やつは、わたしの息子の叫び声が途絶えるまで、屋根裏のドアのまえで待った。すっかり静かになるまで。

それから、やつは下へもどった。キッチンの床に倒れているメアリにもオイルをまき、またしても火をつけたマッチを投げると、車に乗って逃げたんだ。

ところが……メアリは……妻は死んでいなかった。まだ生きてたんだ。殴られて失神していたが、死んではいなかったのさ。やつの勘違いだったんだ。まちがいは、オイルが家を燃やしつくし、自分のしでかしたことを覆い隠してくれるだろうという見通しだけじゃなかったってわけだ。やつの判断は、なにからなにまでまちがいだったんだ。なにもかもが……無駄だったんだ。

痛みで意識をとりもどしたんだろう。

メアリはどうにかして外へ出ると、地面で転がった。土や芝生の上で転がって、火を消した。

それから、残っていた力を振り絞って家のなかへもどり、９１９に電話をかけて救急車を呼んだんだ。

発見されたとき、メアリはティムの部屋へつづく階段の途中で倒れていた。レッドはパニックにおちいってた。メアリが着ていたローブは肌に焼きついてた。ときどき、メアリは、ティムがもう屋根裏で息絶えていたことをさとったのだろうかと考えることがある。だから、途中で止まったのだろうかと。

メアリはそれから五日間生きていた。昏睡状態からは一度も目覚めなかった。そのほうがよかったと思ってる。火傷がひどかったので、医者はメアリを抱くことを許してくれなかった。最期のときは、抱いてやったがね」

ラドロウは立ちあがってドレッサーに歩みよると、いちばん下の引き出しをあけて、写真立てにはいった写真をとりだした。その写真をキャリーに渡す。

「ティムだ」とラドロウ。「それがわたしの息子だ」

キャリーは写真を膝の上に置いて、しばらく見つめていた。顔をあげてふたたびラドロウを見たときには、目に涙を浮かべていた。

「わからないわ」とキャリー。「ねえ、エイヴ、どうしてこの家に住みつづけてるの？　そんなことがあった場所に？」

ラドロウはキャリーの隣に腰をおろした。

「壁は塗りなおした。床はやすりをかけた。火事があった家だとは思えないはずだ。キッチンを見ても、屋根裏を見ても。だが、わたしには、いまも火事が、火事の痕跡が見えるんだよ。その形と大きさがわかるんだ。毎日、見てるんだ。

それでも、ここはわたしたちの家だ。わたしとメアリの。アリーの。ティムの。ふたりとも、この家で育ったんだ。そうさ、レッドの家でもある。レッドまであんなふうに奪われて、泣き寝入りしたくないんだよ」

しばし、ふたりは黙りこくったまま座っていた。

「で、どうなったの」キャリーはたずねた。「ビリーは?」

ラドロウはため息をついて、「やったのはべつの青年だと言い訳をしたよ。友だちだと。キャシー・リー・スタッツが犯人だとまでいった。ぜったいに認めようとしなかった。だが、ぺらぺらとよく喋ったので、起訴に持ちこめた。コールマンの燃料にはやつの指紋がべたべたついていたしね。

自分がやったと認めて嘘をつくのをやめ、どうして、、、どうしてあんなことをしたのか、どうして殺さなければならなかったのかを話せば、すべてを許し、裁判で味方になってやるとわたしはいった。おまえは肉親なんだし、できるかぎりのことはしてやると。それでも、やつは認めなかった。嘘をつくのをやめなかった。弁護士は有罪を認めるようにやつを説得したが、そのすぐあと、また同じ嘘をつきはじめた。おれはやってない、あれはただの司法取引だ、あんなものにはなんの意味もないというんだ。いまだに、アリーが電話するたびに、やつはたわごとを信じさせようとするらしい。分別のあるアリーが信じるはずがないのに。やつとは親子の縁を切ったんだ。何年もまえに。やつは、それぞれ三十年の逐次執行の刑をふたつ宣告された。

充分な刑とはいえないがね」

キャリーはうなずいて、「だから、あなたには息子さんがいないのね」

「ああ。たぶん、あの晩、ビリーもうしなったんだろう」

キャリーはもう一度、ティムの写真に目を落とした。

「かわいい男の子ね」

「明るい子だったよ」

キャリーはラドロウに写真を返した。

「罪の意識があるのね。どうして家にいなかったんだろうって悔やんでるんでしょ？」

「自分がどんな気持ちなのか、わからないんだ」

ラドロウはふりかえると、写真をもどして引き出しを閉めた。

「あしたは仕事があるそうだね」

「ええ」

「帰るまえに、ビールを飲んでいくくらいの時間はあるんだろう?」

「もちろん」

「いま、キッチンから持ってくるよ」

寝室を出たところに置いてあるテーブルのわきのキッチンの壁を、黒い稲妻のようにのびている傷は、ラドロウだけが見分けることのできる、メアリが倒れていた場所を示すしるしだった。

14

翌日の正午、ラドロウは店に出ていた。雨降りだったので暇だった。サム・ベリーから電話がかかってきた。

「マコーマックっていうくそ野郎は、ずいぶん顔がきくようだな。ひょっとして、やつの弁護士のほうかもしれんが。とにかく、フェルプスはいまだに起訴を拒んでるし、説得に応じそうもないんだ。今朝、電話があったよ」

「あんなことがあったのにか」

「あんなことがあったのにだ」

「窓から投げこまれた石は？　メッセージは？」

「どちらからも指紋は出なかった。投げこんだ人間も車も特定できない。だれがやったかわからないのさ」

「ほかのだれにあんなことをする理由がある?」

「わたしにはわかってるし、おまえにもわかってる。だが裁判となると話はべつだ。残念だが」

「わたしも残念だよ、サム」

雨の滴が描く斑模様で曇った窓ごしに、店の駐車場にはいってくる車が見えた。真新しい白のリンカーン・コンチネンタルだ。ライトを下向きにつけ、フロントガラスのワイパーをせわしなく動かしたまま、停止した車はアイドリングをつづけた。運転席までは見通せなかった。

「告訴の手続きを進めたいかね?」

「ああ、もちろん」

サムに嘘をつくことになるのは、たぶんこれがはじめてだろうな、とラドロウは考えた。

車のドアが開き、女が出てきた。女は、ぴっちりしたブラウンのベルトつきコートを細身の体にまとい、透明なビニールのスカーフで頭をおおっていた。顔は、窓の曇りでぼやけていた。女は、開いたままのドアのわきに立ってつかのま店内を覗きこんでいたが、すぐにリンカーンのなかへもどって、ドアを閉めた。

「それなら、手続きを開始しよう」とサム。「無料ってわけにはいかないんだ、エイヴ。だが、できるだけ安くあがるようにするよ。金がありあまってるわけじゃないのはわかってるからな」

「ありがたいよ、サム。やらなきゃならないことをやってくれ」

「連絡を絶やさないようにする」

「恩に着るよ、サム」

受話器を置いて窓の外に目をやると、リンカーンは雨のなかへ消えてゆくところだった。ラドロウは、夏がどれほど乾いていたか、この雨がどれほどの恵みをもたらしているかを考えた。草木はみな、この暖かい小雨を気持ちよく吸いこんでいた。この雨は、表土を洗い流したり、植物を水没させたりすることなく、すべてをふたたび成長させ、地霊を昂揚させる雨だった。昨晩、キャリーという女性がラドロウの魂を昂揚させたように。

この件に始末をつけるには、訴訟以外にも方法があった。サムによれば、マコーマックは金を持っているが、根は田舎者だという。羊の皮を着た狼だと。

田舎者は刺激することができる。狼は嚙みつかせることができる。

そろそろ刺激しはじめるべき潮時だった。

15

「なにもいわなくてけっこう」とマコーマックは微笑みながらいった。今回、マコーマックは書斎の、暖炉の正面に置かれた豪華な革椅子の一脚に座っていた。開いた新聞を膝に載せている。最初にここを訪れたときは気がつかなかったが、奥の壁には、五尖の角の尾白鹿、コヨーテ、森林狼、小さなアメリカ黒熊の頭が飾ってあった。

手の不自由なメイドに案内され、いま、ラドロウは書斎に通されたのだった。

「なにもいわなくてけっこう。考えていただいたんですね。土地を売っていただけるんでしょう？」とマコーマック。

「いや」とラドロウは答えた。「店は順調ですから」

「ぜひとも考えなおしていただきたいですな。たいした利益はあがってないんじゃありませんか？」

「わたしには充分ですよ」

マコーマックはため息をついた。微笑みを消すと、新聞をきちんとたたみ、革張りの赤いカウチに置いた。

「わたしを告訴しようとなさっているそうですね」

「残念ながら」

「どうしてそんなことをするのか、理解に苦しみますよ。時間と金銭の無駄以外の何物でもないのに」

「金銭の問題とはみなしていませんから」

「なんの問題なんですか？」

「息子さんがなにをしたか、そしてあなたがなにをしているかについて広まる噂についての問題になるでしょうね」

「わたしがなにをしてるっていうんです？」

「あなたがなにをしていないかといったほうがいいかもしれませんね。あなたは息子さんの過ちを正そうとしていない。息子さんは、まだ銃を持っているんじゃありませんか？　きっと、あなたはあの物騒なしろものをとりあげてもいないんでしょうね」

「あなたには関係のないことだ」

「おととい、高校へ息子さんの様子をたしかめに行ったんですよ。車で行ったんですが、息子さんを見つけられました。あざはありませんでしたね。少なくとも、見えるところには。鞭で尻を叩いたわけじゃないんですよね？」

「そんなことはしないんですよ、ラドロウさん。あなたがどこの出身か知らないが、ここではそういうことはしないんだ」

「しないんですか」

「ええ」

「きっとあなたのほうが文明的なんでしょうね」

「そうかもしれませんな」

ラドロウはふりむいて、壁に並んでいる首を見てから、マコーマックに視線をもどした。

「あの動物は、ぜんぶ自分でしとめたんでしょう？」

「ええ、まあ」

「射撃の腕はなかなかのものだと自負しているんじゃありませんか、マコーマックさん？」

「おっしゃるとおりです」

「だとすると、軍隊で習ったんでしょうね。ちょうど、ヴェトナムに行った年頃だ」

「ヴェトナムへは行ってないんですよ。運がよかったんでしょう。射撃は独学でね。それがどうかしましたか？」

「わたしは朝鮮戦争へ行ったんです。〝忘れられた戦争〟と呼ばれている戦争へ。実際に戦った者は、ほとんどなにも忘れていないと思いますがね。それから、兵士の家族も。父は帰国したわたしのためにパーティーを開いてくれました。町の住民の半分を招いて。父はわたしを誇りに思ってくれてたんです。理由はわかりません。あそこで特別なことをしたわけじゃありませんからね。でも、とにかく誇りに思ってくれたんです。

あなたはダニエルを誇りに思っていないんじゃないかと案じているんですよ、マコーマックさん。というのも、誇りに思っていないとしたら、あなたと息子さんの関係には問題があるからです。でも、その気になりさえすれば、まだできることはあります。いっしょに暮らしているあいだなら。息子さんが親元を離れ、だれかにとりかえしのつかないことをしてしまうまえに。弁護士を雇って息子さんの罪をごまかす代わりに」

マコーマックは立ちあがってポケットからたばこをとりだすと、テーブルに置いてあるどっしりした銀製のライターで火をつけた。煙の匂いを意識したラドロウは、この部屋の暖炉は一度も使われていないのではないだろうかと疑った。木を燃やした匂いがまったくせず、たばこの匂いしかしなかったからだ。

「弱ったな」とマコーマック。「そんな心配をしていただく必要はないんですよ。息子たちの父親はわたしだし、わたしが適当だと思う方法でしつけるつもりですから。ようするに、こういうことです。どうぞ、告訴でもなんでも、好きなようにしてください。多少は面倒な思いをしなきゃならないでしょうが、大きな問題にはなりませんから。請けあいますよ。なぜなら、あなたが勝つことはありえないからです。それも請けあいます。たとえ勝ったとしても、なにが得られるっていうんですか？　野犬収容所にぶちこまれかねない犬一匹ですからね。たとえ勝訴しても——するはずはありませんが——こっちは痛くもかゆくもないんですよ。おわかりですか？」

ラドロウはうなずいて、「ええ、わかりますよ」

「なるほど。それならけっこう。もう二度とここへ来ないでほしいですな。息子たちをつけまわすのもやめていただきたい。さもないと、たとえあなたのような老いぼれが相手でも、容赦なくとっちめてほしいと保安官に要請しますから。それではごきげんよう、ラドロウさん。玄関がどちらかはおわかりですね？」

廊下へ出ると、女性が階段を降りかけたまま立ちつくしていたので、ラドロウは足を止めてその女性を見あげながら、あの人はマコーマックの妻で少年たちの母親なのだろう、と察しをつけた。少なくとも、さっきの会話の最後の部分は立ち聞きしたらしかった。というのも、ラドロウを見る目から、その女性がラドロウを大切な持ち物を盗もうとしている泥棒だと、自分が悲嘆に暮れているのはどういうわけかラドロウのせいだと考えているらしいのがわかったからだ。若いころは美貌の持ち主だったのだろうが、高級な服と宝石を身につけているにもかかわらず、いまでは美人とはいえなかった。そしてラドロウは、その日の午後の、リンカーン・コンチネンタルの女性を思いだした。そして玄関にむかいながら、あの女性を気の毒に思うべきなのだろうかと考えた。

16

メアリとティムが死んだあと、酒を飲まなければ寝つけない時期があった。かなりのあいだ、そのことに罪悪感を抱かなかった。

そんな朝は起きるのが遅くなったが、犬はいつも朝早く餌をもらっていた。そしてラドロウの悲嘆の影響を受けない腹時計を持っていた。犬はラドロウを、頭が重かろうが重くなかろうが、無理やり、しかもしだいに激しさを増しながら起こすという戦略に出た。まず最初は、ラドロウの顔をなめる。たいていの場合、温かく濡れた舌だけで充分だった。ラドロウがそっぽをむいて枕に顔をうずめ、安らかならぬ眠りに固執すると、犬は布団のなかに潜りこんで、冷たく湿った鼻をラドロウの首に押しつけるのだった。

それでも起きないと、犬はラドロウの上を歩く。

憤りとむなしさの一日を過ごすために夢から覚めたくなかったり、頭が割れるように痛かったりで、体を起こすなり、犬の尻をぴしゃりと叩き、きゃんと鳴かせてベッドからどかすこともあった。そんな朝は、犬と自分自身に腹を立てながら目覚めた。犬はもうだいじょうぶだと安心するまで縮こまっていた。それまでに長い時間がかかることはめったになかった。あの犬を相手に腹を立てつづけることはできなかった。犬に悪気はなかった。無邪気な飢えを覚えているだけだったのだ。犬は一日を楽しみにしていた。ラドロウがそうでないとしても。

そして、長い目で見れば、犬のそうした戦略があったからこそ立ち直れたのだ、とラドロウは信じていた。犬がラドロウに放縦と自己憐愍を許さなかったから、彼もとうとうその気になれたのだろう。動物には誠実に接しなければならなかったし、犬のほうが自分よりずっとよく生の意味を知っているという事実が恥ずかしくてたまらなくなったおかげだった。ラドロウは酒を断ち、店をビル・プライン任せにするのをやめて、ふたたび働きはじめた。ラドロウは、レッドを連れて週末に釣りに行ったり、ドライブをしたり、山歩きをしたりという、いま、このオグンクウィットでやっていることをはじめた。はじめて、犬を連れずにひとりきりでやっていることを。

父親のエイヴリー・アラン・ラドロウ・シニアは、あと四カ月で九十歳だった。血管形成術と二重バイパス形成手術を受けているにもかかわらず、〈パインウッド・ホーム〉の指導員と看護婦の説得を無視して、いまだに一日にひと箱、たばこを吸いつづけている。いまもラドロウが、ポーチの天井から下がっているぶらんこに並んで腰掛けながら見ていると、父親は半分になるまで吸ったたばこを口から離した。たばこを持つその手は、父親が仕事をしていたあいだ、ほとんどずっと、斧や両手鋸などの道具をあやつっていた手だった。子供のころからサマセット郡で木を伐採したり丸太を切ったりしていた父親の手は、目と思考と鋭い舌鋒をべつにすれば、いまでももっとも活発な部分だった。病気で動けなくなったせいで手足と胴の筋肉はしぼんでしまい、中身より大きくなった皮が垂れさがっていた。

まだまだ魅力的だけどな、とラドロウは内心でつぶやいた。〈パインウッド・ホーム〉のご婦人方と同様に。

「じつは」とラドロウはいった。「ばかなことをしようと思ってるんだよ」

レッドが撃ち殺されたこととその後の顛末、そしてこれからどうしようと思っているかをラドロウが語ると、父親はさらに二本、ウィンストンを吸っては、ポーチから生け垣へ吸い殻を弾き飛ばした。親子はしばらく、ぶらんこに揺られながら、鎖がきしる音と、うしろの老人ホーム内でご婦人方が談笑する声を聞いていたが、父親はうなずくと、目のまえの刈りたての芝生を見渡し、そのまま視線をその先の斜面から町へ通じている道路、そしてさらに海へとむけた。

「それはばかなことじゃないな」と父親はいった。「そうとも、血には変わりがないんだ。動物の血を味わったことがあるか？　人間の血とおんなじ味だよ。犬の血より人間の血のほうが貴い？　そんな理屈は、犬にはぜったいあてはまらない。おれはそう思うね。レッドはおまえにとって家族だった。家族にはやれるだけのことをしてやらなきゃならん。おまえもそういう結論に達したんだろう？　さもなきゃ、ここへ来ておれに話すはずがない」

「迷ってるんだ。ビリーとは話してもいないのにって。あれから一度も」

「ビリーだと？」

「孫のビリーだよ」

「忘れてやしないさ。あいつがなにをしたのかも。おまえをもう少しでだめにするところだったこともな。レッドがおまえに、おれに、アリーに、そんなことをしたか？」

「いや」

「それなら、やましそうな顔で、そんなたわごとをいうのはやめることだな。おれたちは家族なんだ。母さんとティムとメアリが家族であるように。おまえはもう、気持ちの整理をつけてるはずだぞ。さもなきゃ……」

「ここへは来てない」

「そうだ。おまえはただ、月にむかって遠吠えをしてるだけじゃないとだれかにいってほしかっただけなんだ。だいじょうぶ、そんなことはない。だとしたら、おれも同類ってことになっちまう。おれが好きな人、好きだった人のほとんども。そもそも、おれにいわせれば、胸がすっとするようなその声を聞くためだけに吠えたってかまわないんだ。他人がどう思うかなんて、気にするな」

父親が立ちあがったので、ポーチのぶらんこの反対端にかかっていた重みが消えたが、それは重みといえないような重みだった。父親はラドロウの肩に手をかけた。てのひらの幅広さに比して、やはり軽すぎた。

「思うぞんぶんやってみるんだな。おれの誕生日のまえに、また来てくれよ。おまえは心配性のだめ息子だが、おまえと話すのはいやじゃない。ちっともいやじゃないんだ」

17

必要とする形、必要とする状況で少年と対面するまで、ほぼ一週間かかった。その間、店に出られなかったが、ビル・プラインがこころよく超過勤務を引き受けてくれたし、ほかの手段も思いつかなかった。ラドロウは、家から一、二ブロック離れたところに車を停め、少年が午前中に、あるいは午後に出てきて車に乗り、走りだすのを待った。

見つからないように気を使ったりはしなかった。トラックに気づいたら少年は動揺するはずだし、それこそラドロウがやろうとしていることだったからだ。

ほとんど毎日、少年は弟のハロルドといっしょにシーダーヒル・ロードへ行ってピートを拾い、三人でハイウェイを使ってポートランドまで行った。一度だけヤーマスへ行ったことがあったが、そのときは町の中心部にあるドラッグストアのまえで三人の女の子を車に乗せると、モールへ行って、昼のあいだはゲームセンターで遊び、ピザを食べ、夜になってからは映画を観にいった。女の子たちは、ほとんどつねに、三人でくすくす笑ったり話したりしていた。男の子たちも似たようなものだったが、もう少し気どりがあるらしく、大人っぽくふるまおうとしていたが、分別があるようにはとても見えなかった。

ポートランドでは用をなさなかったし、ヤーマスでもだめだった。少年にはムーディーポイントへ行ってほしかったのだ。少年が特定の状況でそこにいるところを見たかったのだが、いつまで待っても行かないのではないかとあきらめかけていた。少年は、店で車を停めてたばこを買い、町を通り抜けてどこかほかの場所へ行ったり、三人で町を出たところにあるマクドナルドに寄り、そのまま走りつづけたりした。だが、ダニー・マコーマックが手に持っているところを見たいのは、たばこなどではなかった。

尾行を開始してから五日めの朝、ラドロウがコーヒーとチーズデニッシュを持ってビル・ブロケットのパン屋から出てくると、ハロルド・マコーマックがトラックの運転席のドアのそばにもたれていた。肉の薄い胸に組んでいる細い腕が、Tシャツに描かれたマッキントッシュ・コンピュータのロゴをなかば隠していた。ラドロウは歩みよった。

ラドロウは少し冷ますためにコーヒーをボンネットに置くと、デニッシュをひと口食べた。少年は、背中を掻いているかのように、トラックのドアにもたれたまま、足をもじもじと動かして体を左右に揺らしはじめた。

「あなたがここに車を停めたのを見たんだ」と、ハロルドはとうとういった。「ダニーは気がついてない」

「ダニーはどこにいるんだね？」

「この先の〈ボーマンズ・オート〉だよ」

「きみがここにいることは知ってるのかい？」

少年はかぶりをふって、「たばこを買ってくるっていってきたんだ。あなたと話してることを知ったらかんかんになるだろうね」

「そうなのかい？」

「あたりまえだよ」

「お兄さんはよく怒るのかね？」

ラドロウはデニッシュをもうひと口食べて、コーヒーをすすった。まだ熱すぎたので、ふたたびボンネットに置いた。

少年はため息をついて首をふった。「ラドロウさん、たしかにぼくとダニーはいつだって仲よくやってるわけじゃないさ。だけどそんなことは関係ないんだ」

「それなら、なにが関係あるんだ？」

少年はトラックにもたれかかる位置を変えた。ほんとうの望みは外にラドロウを残して運転席へもぐりこみ、会話をやめてしまうことだろう、とラドロウは考えた。だが、話しかけてきたのは少年のほうなのだ。

ラドロウはさらにひと口デニッシュを食べ、少年を見つめた。

「ぼくは……ぼくはあなたに、もうしわけないと思ってることを伝えたかったんだ。あなたの犬のことで。ぼくたちがしたことについて。だからここで待ってたんだ。それをいうために」

ラドロウは、しばらくのあいだ、黙って少年を見つめていた。少年に、静けさのなかに響く自分自身の言葉を聞かせたかったのだ。やがて、ラドロウはうなずいた。

「ありがとう、よくいってくれたね」とラドロウ。「もちろん、お兄さんがそういってくれたらいちばんよかったんだが。それでも、うれしいよ。聞きたいのは、これからどうするつもりなのか、だな」

「え？」

「これからもお兄さんのために嘘をつきつづけるのかい？」

「やめてよ！　ぼくになにをしろっていうの！　パパのまえで認めろって？　テレビで同じことをいえって？」

「真実を語ってほしいだけさ。いまきみがしているように。お父さんに、そして必要なら警察に打ち明けてほしいんだ」

少年はふたたび首をふった。「無理だよ。ぜんぜんわかってないよ。そんなの、できるはずないじゃないか」

「それなら、わかるように説明してくれないか」

ラドロウは、少年のまえでおだやかに立ったまま、コーヒーを飲んだ。少年は、首をふりつづけながら、トラックに寄りかかったまま体を左右に動かした。この少年の告白は成果だった。成果ではあったが、充分ではなかった。

「ねえ」と少年はいった。「もう行かなくちゃ。もしもダニーに気づかれたら……」

少年は立ち去りかけた。

「だれを怖がってるんだね、ハロルド？　お兄さんかい？　お父さんかい？　きみは、ここへ来て、さっきいってくれたことをいえるような、一人前の男なんだ。きみはもう、お兄さんよりりっぱな男なんだ。たぶんお父さんよりも。ふたりを怖がる必要なんて、ないと思うがね。そうじゃないかい？」

ハロルドは微笑んだ。さわやかな笑顔とはいえなかった。

「ラドロウさん、あなたって、ほんとに鈍い人だね」

細い腕をふりながら通りを歩みさる少年のうしろ姿を見つめながら、もしかしたら勘違いをしているのだろうか、とラドロウは不安になった。自分が全体の一部しか見ていないのはわかっていた。少年の家庭生活は、悪夢さながらなのかもしれないし、たいていの人と同様に、いいところも悪いところもあって、全体としてはどちらでもないのかもしれなかった。だが、どれほど情報が少なくても、前進しつつ、可能ならさらなる情報を収集する。それ以外に方法はなかった。

ラドロウは、デニッシュを食べ終え、車のドアをあけながらも、少年を見つめつづけていた。そのとき少年が、立ちどまって向きを変え、トラックのほうへひきかえしてきた。傷つき、腹を立てているように見えた。

「カーラに会ったよね？」と少年はいった。「メイドのカーラに」

ラドロウはうなずいた。

「手に気がついたでしょ？」

「ああ」

「パパがどうして、手の不自由なメイドを雇ってるのかを考えてよ、ラドロウさん。このあたりにはほかにいくらでもメイドがいるのに、パパがなぜカーラを選んだのかを」

「カーラはいいメイドなんだろうな。手の不自由を補って余りあるほど」

「たしかにカーラはいいメイドさ。だけど、そうじゃない。それが理由じゃないんだ。パパが情け深いからでもない。それを考えてよ、ラドロウさん」

ハロルドはくるりと向きを変えて歩みさった。

あの子はなにをいいたかったのだろう、と考えながら、ラドロウはコーヒーをとりあげ、トラックに乗った。少年は、メイドに関して、ラドロウにとって重要なことを伝えようとしたのだ。

権力か、とラドロウは思いついた。権力にかかわるなにかだ。そうにちがいない。

マコーマックは、どれくらい頻繁に、あの娘に不自由な手のことを思いださせているのだろうと考えた。ひょっとしたら、嬉々としてそうしているのかもしれない。マコーマックにとって、それは金持ちにありがちな傲慢な優越感の表われなのか、それとも冷酷さの表われなのか。

いずれにしろ、少年がいったことは、そっくりそのまま心に刻んでおこう。

ラドロウはその言葉を警告と受けとった。

とはいえ、それでなにかを変えるつもりはさらさらなかった。

翌日、ラドロウは少年たちを尾けて高校の運動場へ行った。午後の遅い時刻だった。

三人は、ラドロウが知らない他の五人の少年と野球をはじめた。四対四の試合だった。距離を置いて停めたトラックから一時間以上見たあと、アーニー・グローンのレストランで遅い昼食をとって運動場へもどると、予想どおり、試合はつづいていた。ハロルドは、身長のわりには悪くないバッティングをしていた。ピート・ドーストも下手ではなかった。外角高めに手を出してしまう欠点があったが、ホームラン・バッター並みの体重をうまく利用していた。

ほんとうに驚かされたのはダニーだった。

ダニーはいいピッチャーだった。右腕から投げこむ球は速くてコントロールがよかったし、守備も楽々とこなしていた。ところが打席にはいると、高かろうが低かろうが、内角だろうが外角だろうが、まともな判断力のあるバッターならぴくりともしないだろうと思える球ですら、ぶんぶん振りまわした。ボールを見送るのが恥だと思っているかのようだった。

最初のうち、ダニーは見物しているティーンエイジャーの少女たちを意識していた。ピッチャーズ・マウンドでにやっと笑ったり、バッターボックスで打ちそこなったあと、変だな、きょうは調子がおかしい、どうしていきなりこんなふうになっちまったんだろう、というように顔をしかめて首をふったりしていたのだ。ところが、凡打が積み重なったころには、女の子たちのことをすっかり忘れていた。

どうやらダニーは選球眼がまったくないらしかった。ラドロウが見た八打席の内訳は、三振が四回、フライが二回、そして懸命に走ってどうにかボールより先にベースまで到達し、かろうじてセーフになったシングル・ヒットが二回だった。ダニーは、首に筋が浮きでるほど力をこめてバットを振った。

ラドロウが期待していた以上の成果だった。打席に立ったダニー・マコーマックは、使命を帯びているのだが、どのような使命なのかほとんど理解できず、知力の不足を意地と怒りのみで補おうとしている男のように見えた。

笑うのが当然なのに、だれもダニーを笑わなかった。少女たちですら、試合がつづくにつれて静かになってしまった。ダニーより大柄な少年は相手チームのふたりしかいなかったし、彼がいちばん年上らしかったが、みんなが気兼ねしている理由はほかにあるのだろう、とラドロウは推測した。ダニーは笑いものにしてはいけない少年なのだ。そしてほかの子供たちも、それを承知しているのだ。そんな子と野球をして楽しいのだろうか、そもそもどうしてほかの少年はダニーと遊ぶ気になるのだろう、とラドロウはいぶかった。

たぶんこれは一種の仕返しなのだろう、というのがラドロウの達した結論だった。いまくりひろげられているのは、野球という、ダニーが怒りを他人へ向けられない中立的な場でおこなわれている、巧妙な辱めなのだろう。

しばらくして、ダニーのチームの四人めの子供が腕時計を見、首をふった。それで試合が終わった。少女たちも、いつのまにかいなくなっていた。

ダニーはバックネットのうしろの地面に転がしてあった二本の金属バットを拾いあげ、車の後部座席に放りこんだ。ダニーは運転席に、ピート・ドーストは助手席に、ハロルドはうしろに乗った。車は駐車場から出ていき、町へむかった。

少し待ってから、ラドロウは跡を追った。

町へはいると、少年たちがフラーリーのドラッグストアの向かいにある〈アンカー・レストラン〉のまえに車を停めたので、ダニーが餌に食いつきさえすればうまくいくはずだと確信した。

ハロルドが後部座席から降りると同時にトラックを運転席側に並べて停めると、ラドロウはエンジンを切って、声をかけた。「やあ」

ダニーはドアを閉めかけたところでふりかえった。ピート・ドーストは屋根ごしにラドロウを見て、顔をしかめながらドアをばたんと閉めた。

「おいおい」とダニー。「またこのくそじじいかよ。おまえ、おれたちのこと、尾けてただろ？」

「どうしてそんなことをしなきゃならないんだ？」

「そのトラックを何度も見てるんだよ」

「小さな町だからな。ときどきは見かけるだろう」

ラドロウはトラックから降りてドアを閉めると、道路脇へ歩いていき、陽射しを浴びながら立ちどまった。

「ポートランドでも見たぞ」

「それだってありうる」

「やめろ」

「なにを？」

「おれを尾けるのをだ。とぼけるな。たったいまやめろといってるんだ」

　オーバーオールを着、古ぼけたボストン・セルティックスの帽子をかぶった男がふたり、〈アンカー〉から出てきて、道路脇に立っている老人と三人の少年に目をやった。少年のうちふたりは、残りのひとりよりかなりうしろに下がっていた。ふたり連れは通りを渡りはじめた。

「それは脅迫かね？」

「話をしてるだけだ」

　ふたり連れは途中でふりかえって、彼らをちらりと見てから、そのまま歩きつづけた。

「わたしがきみだったら、脅迫なんかしないな。喧嘩のほうが、あれを振るよりずっと得意でないかぎり」

　ラドロウは車の座席のバットのほうを顎で示して、少年たちの注意を惹いた。ラドロウはしばらくバットを見つめた。

「おい、くそじじい、なにをしてやがったんだ？　おれたちをスパイしてたのか？　いったい何様のつもりだ？」

「もう行こうよ、ダニー」とハロルドが声をかけた。「パパに任せたほうがいいよ」

「そうだよ。こんなやつ、ほっとこうぜ」とピート。

その声からピートが動揺しているのがわかった。ラドロウが期待していたとおりだった。太っちょの少年は相手の弱点なのだ。ピートは巻きこまれたがっていない。

「いい振りをしてたじゃないか、ピート」とラドロウはいった。「選球眼もいい。こちらのマコーマック家のお嬢ちゃんとちがって」

「て、て、てめえ！」

そういうなり、ダニーは開いていた窓に上体をつっこんで手をのばすと、金属バットをつかみとった。それを見て、あとのふたりの少年はあとずさった。あまりにも簡単だったので、ラドロウはにんまり笑ってしまいそうになったが、笑うわけにはいかなかった。そのうえ、少年が見た目よりも喧嘩慣れしている可能性も考慮しなければならなかった。

ラドロウは、少年に背中をむけると、おびえて逃げだしたかのように、レストランのまえの広い歩道のほうへ走りだした。背中を見せれば、少年はますます興奮するとわかっていた。臆病者はいつだってそうなのだ。少年が充分に近づいたと判断すると、ラドロウはくるりと向きを変え、振りおろされたバットを二の腕の外側で受けとめた。

少年はバランスを崩し、こぶしを握りしめた片腕を体から大きく離した。そしてラドロウは、腕に激痛が走ったが、骨が折れたわけではないし、行動に支障をきたすような怪我をしたわけでもないとさとった。少年に先に手を出させるのが肝心だったが、あとはすばやくすまさなければならなかった。

ラドロウは姿勢を低くし、体勢を立てなおして体重を両脚に均等にかけようとしているダニーの、胸郭のすぐ下を殴った。少年は低くうめいて、体をふたつに折った。ラドロウが打ち身を負った腕をバットの上のほうへ滑らせて第二の隙をつくりだし、脇腹を強打すると、肋骨が折れる音が聞こえた。

少年は悲鳴をあげてバットをおろし、歩道にしゃがみこんだ。

ラドロウは周囲を見まわした。ピートは、むかってくることなく、ハロルドと並んで離れたところに立っていた。ほっとした。ハロルドとピートは巻きこみたくなかった。ベビーカーを押している女性が半ブロック離れたところで足をとめ、目を丸くしてラドロウを見つめていた。D・L・フラーリーが通りをはさんだドラッグストアの入口に立っていた。そのうしろには客の姿も見えた。ラドロウが見ていると、D・Lの驚きの表情は、ゆっくりと満面の笑みに変わった。噂が広まっていて、D・Lはこの一件をよく知っているのだろう、とラドロウは推測した。

ラドロウが少年のそばに落ちていたバットを蹴り飛ばすと、バットはがらがらと音をたてて側溝へ落ちた。

車が通りすぎた。

かがみこんで、ダニーのそばに顔を近づけてささやくと、鼻汁と涙が見え、その匂いがした。

「いいか、おまえははめられたのさ。おまえのほうが先に、武器を手に襲いかかってきたのを目撃した人が、この通りに何人もいるんだからな。わたしの古い友人もそのなかに混じってる。だから、この件について騒ぎたてようなんて思うんじゃないぞ。わたしはただ、おまえの父親がするべきだったお仕置きをしただけだ。おまえは、なんらかの形でお仕置きを受けるべきだったんだ。こんなことをしたって犬が生きかえるわけじゃないが、おまえがまた悪さをしでかすまえに、ためらって、わたしとレッドを思いだすようになるかもしれないからな」

ラドロウは、まずベビーカーを押している女性に、そして通りのむこうのD・Lにうなずいてみせた。D・Lが重おもしくうなずき返すのを見ながら、ラドロウはトラックに歩みよった。ドアをあけ、ハロルドとピートのほうをふりかえった。

「あばらをいくらか傷めてるようだ」とラドロウ。「手を貸してやったほうがいいだろう」

スターラップ・アイアン・ロードの坂道をのぼっているとき、未知の世界からのとつぜんの啓示のように、小さな黒猫が野兎を追って飛びだしてきた。あわててブレーキを踏むと、車は間一髪で猫の尻に触れることなく停止し、ラドロウはトラックの運転席でハンドルを握りしめながら、震えが止まるまで、猫と野兎が無傷のまま消えた鬱蒼たる雑木林を見つめつづけた。

ふたたびトラックのギアを入れると、今度はもっとずっと慎重に、トラックを走らせた。

18

サム・ベリーのオフィスはパイプの煙と古い本の匂いがした。二階の窓から外を見ると、通りでは風が強くなっており、木々は揺れ、撓い、葉は翻っていたが、オフィスのなかは静かだった。サムはブライアー・パイプをとんとん叩いて金属製のごみバケツに灰を落とすと、いったんもとにもどし、義足のふくらはぎに打ちつけて虚ろな音をたててから、ふたたびひっくり返して、またごみバケツに灰を落とした。サムは微笑みながら首をふり、机に置いた革製の小袋からたばこの葉を出してパイプに詰めた。

「つまり、もう満足なんだな？」サムはいった。「そういうことなんだな？」

「ああ」

「告訴するのはやめにして、これ以上手続きは進めないんだな？」

「そうだ。どっちにしろ、なにかを得られる見込みはないんだろう？」

「まずないな。いちばん最初にいったとおり」

サムはラドロウを見ながら微笑んで、「はじめから、わたしの、脚とちがって不自由のない目をくらますつもりだったんだな、エイヴ？　やつらを訴える気なんてなかったんだろう？おまえがなにをたくらんでいるのかをさとられないように、わたしの注意をそらしてたんだ」

「おまえはひきとめようとしただろうからな」

「あたりまえだ。殺されてたかもしれないんだぞ」

「あの子みたいな人間は、銃を持ってないかぎり、わたしくらいの大きさの人間は殺せないもんだ。たとえ老人だろうとな。それにあの子はかんしゃく持ちだ。臆病者のいじめっ子なのさ。見立て違いはないという確信があったんだ」

「とにかく、これで終わりなんだな？」

「これで終わりだ」

「もうなにもするなよ。あんなふうにつけまわすなんて、法律的には綱渡りもいいところなんだからな」

「わかってる」

ベリーは脂（やに）で黄色くなった親指でパイプに葉を詰めた。

「中華料理を食べたことはあるか、エイヴ？」

「ほとんどないな」

「わたしはときどき食べるんだ。鶏肉と野菜の炒め物とか、あばら肉とか、春巻とかを。薄い茶と、最後に出てくるおみくじ入りクッキーまで気に入ってるんだよ。ただ、いまいましいクッキーのなかにはいっているおみくじには、たいてい、ばかばかしいことしか書いてないんだ。〝望みはかなう〟とか〝事業拡大は吉〟とか、そんなことしか書いてないのさ。だが、一度だけ、感心したおみくじがあった。〝情熱なくして何事もならず〟ってやつだ。どうだ？　クッキーのなかのおみくじにそう書いてあったんだぞ。名言じゃないか」

ラドロウはうなずいた。

「だが、情熱ってやつは、外で木を揺り動かしている風みたいなものだとわたしは思う。しばらく吹きつづけるし、吹いているあいだは猛烈で痛快に思えるかもしれない。ときには強く、長く吹きつづけて、それがあたりまえのように思えてくるかもしれない。風が自分の一部のような、それどころか本質のような気がしてしまうんだな。風のない人生なんて想像もできなくなってしまうんだよ。だが、風はやむ。だから、頭のなかを吹く風がひきおこす混乱に影響されないように気をつけてことにあたらなければならないんだ」

サムは椅子にもたれると、マッチをつけてパイプの火皿（ボウル）に近づけた。

「風が強いと、パイプだってつけられないしな」

19

「パパ、だいじょうぶ？　なんだか声が変だけど」

「疲れてるのさ。わたしは年寄りだし、おまけに疲れてるんだぞ。しょうがないじゃないか。だが心配はいらない。元気だよ」

アリスが電話をかけてくるには遅すぎる時刻だった。十一時だ。どうして電話をする気になったんだろう、とラドロウはいぶかった。変わったことがあったわけじゃなさそうなのに。声を聞きたくなっただけだろう、とラドロウは自分に言い聞かせた。深刻に考えることはない。きっと意味なんかないんだ。

少年とのひと幕をアリスが知っているはずはなかった。

「もう寝るんだな」とラドロウはいった。「わたしも、もう寝ることにするよ」

ふたりはおやすみといいあった。

ラドロウは横になったが、寝つけなかった。猫がトラックのまえに飛びだしてくる場面が、まぶたの裏に何度も浮かんだ。世界がひと押しして事象を生じさせたのだ。ラドロウはその事象と、それまでなんのかかわりもなかったのに、遭遇の瞬間、生死を決定したのだ。轢くか轢かないかを。

20

店が焼け落ちた夜、ラドロウはふだんとちがうことをしていた。

店を閉めたあと、まっすぐ家へ帰らず、アーニー・グローンのレストランへ寄って、マッシュポテトとサヤインゲンを添えたアーニー特製のミートローフを食べ、夏のさわやかで暖かいそよ風に吹かれながら二ブロック歩いて、〈バーチ・ツリー・イン〉へはいったのだ。

ラドロウは、磨きあげられた長いカウンターに腰かけた。十数人の客がいたが、見知らぬ、あるいはほとんど見知らぬ男たちで、見覚えのある顔もいくつか混じっていたが、それだけだった。ジュークボックスからカントリーが流れるなか、男たちの笑い声や話し声を聞きながら、一時間でビールを三杯飲んだ。まるで外国語を聞いているようで、男たちがなにを話しているのかはまったくわからなかった。キャリー・ドネルに家族のことを打ち明けた夜以来、こんなに悲しい気分になったのははじめてだった。どうしてこんなに悲しいのか、どうすれば気分が晴れるのか、見当もつかなかった。バーテンは眼鏡をかけた薄茶色の髪の若者で、ラドロウにははっきりどこと指摘できない南部なまりで話した。礼儀正しくて気さくなそのバーテンは、三杯めは店のおごりだといってくれた。若いやつでも、悲しみを目のあたりにすればそれとわかるものなんだな、とラドロウは感心した。

きっと一目瞭然なんだろう。

ビールを飲み終えると、ラドロウは二杯分の金額をカウンターに置き、バーテンに礼をいった。そして、この一時間のあいだに風が冷たくなったなと考えながら、トラックをめざして通りを歩きはじめた。

トラックのまえに、ルーク・ウォリングフォードが立っていた。「ああ、エイヴ」とウォリングフォードは声をあげた。「みんなであんたをさがしてたんだ」

ビールを三杯飲んでいたので、すぐには意味がわからなかった。ウォリングフォードは小さなハンティング・ロッジの経営者で、ラドロウの店で罠やそのほかの消耗品を買っていた。どうしてウォリングフォードが、いやそのほかのだれにしろ、この時間に通りでラドロウをさがさなければならないのか、さっぱりわからなかった。

「エイヴ」とウォリングフォード。「大変なことになったんだ。店が火事なんだよ、気の毒だけど」

近頃は、気の毒がられてばかりだな、とラドロウは思った。

「店？　わたしの店が？」

「火事なんだ。みんな、集まってるよ。何人かであんたをさがしてたんだけど、トラックに気がついたんだ。ほら、あの店には、弾薬が山のようにあっただろ？　それに燃料も？　大火事になっちまったんだ。まだ鎮火してないかもしれない。おれが運転していこうか？」

「自分で運転するよ。ありがとう、ルーク」

「じゃあ、あとからついていくから」

「わかった」

坂道をのぼっていくと、夜空に立ちのぼる煙が見えてきた。やがて、あけておいた窓から匂いも漂ってきた。坂をのぼりきると、回転灯やスポットライトや警告灯が、そして黄金色に輝く火事の炎が見え、消防車と、ホースを握って破れた正面の窓のなかへ、そして屋根の上へ放水している消防団員たちが見えた。火事はまだ燃えさかっていた。

ほとんどが顔見知りだった。商店主も店長も店員も専門家もいた。ラドロウの会計士も混じっていた。だが、ここで、いつも会っているときとまったく異なる状況で、見慣れない突発的な活動に従事している彼らは、夢のなかの人物のように見えた。それは熱さと鼻をつく煙の夢だった。闇と道路の水たまりに反射するライトの夢だった。ラドロウの脳裏で、妻と息子が炎に包まれる地獄絵図が再現された。

ラドロウは、無意味な破壊が降りかかってきたときの、なじみ深い痛みを覚えた。自分が築きあげた、そしてメアリが築きあげたものが灰燼(かいじん)に帰すのをなすすべなく眺めるのは、妻がもう一度殺されるのを見ているようなものだった。これまでの人生がばらばらになってしまいそうに、無数のかけらに砕け散ってしまいそうに思えた。犬を殺されたうえに、妻と息子をもう一度うしなわなきゃならないのか？　店を燃やされたうえに、犬をもう一度うしなわなきゃならないのか？

木材が裂ける音が響き、炎がぱっと燃えあがると同時に、澄んだ夜気のなか、解き放たれ、ぐいとのばされた手にわしづかみにされたかのように、燃えかすをばらばらと落としながら屋根が崩れ落ちた。隙間へ水がそそがれ、煙がもくもくとあがった。

ラドロウは火事に背をむけて、トラックのひんやりとした荷台に片手をついた。

ルーク・ウォリングフォードが、だいじょうぶかとたずねた。ラドロウはだいじょうぶだと答えた。

「保険にははいってるんだろう？」

「ああ」

「よかった」

「なにか聞いてるかね？」

「なにを？」

「火事の原因だよ」

「なにも聞いてないな。だけど、すぐに調べがつくさ」

「もう見当はついてるよ」

21

星のない夜、キャリーはころがってラドロウから離れた。ラドロウは腕をのばしてキャリーの乳房のやわらかい重みを探りあて、てのひらをあてがった。キャリーの髪は火事の煙の匂いがした。キャリーは後片づけを手伝って、そのまま残ったのだ。

「きみと会うのは、いつだってなにかをなくしたときだな」とラドロウはいった。

「そうね」

「ほんとうのことを聞かせてくれ。闘う手だてはあるときみはいった。だが、テレビ局がこの火事を報道する見込みはないんだな？」

キャリーはため息をついて、「実際のところ、ないわね。たぶんだめでしょう」

「ひとりも死ななかったから？」

「ええ。ひとりも死ななかったから」

ラドロウは、心臓が、檻の鉄棒に体当たりをくりかえす若い狼のように、胸のなかで暴れているのを意識した。

「それじゃ、これは残念賞みたいなものか」

「いじけないでよ、エイヴ。あなたらしくないわ」

「悪かった」

「いいの。いったとたんに後悔したのはわかってるから。許してあげる」

キャリーはラドロウの手をぎゅっと握った。窓からかすかに風が吹きこんできた。

「どうすればいいのかわかればいいんだが。なんだか、ふりかえるたびに、世界がちょっとずつ縮んでいくような気がするよ」

キャリーはうなずいた。

「どうしてわたしがここで」とキャリーはたずねた。「こんな辺鄙なところで働いてるかわかる、エイヴ？　父は、十八年間ニューヨークで警官をしてた。パトカーでアッパー・ウェスト・サイドを巡回してたの。マンハッタンでいちばん安全な管区をね。ほかの警官から、よく、なんて楽な任務なんだってからかわれてたわ。だけど、むいてなかったら、どんな仕事だって楽じゃないのよ。

十八年と二カ月後、父はノイローゼになってしまったわ。といっても派手な症状じゃなかった。ピストルを口にくわえたりはしなかったのよ。ある夜遅く、母が、家のリビングで、むせび泣いている父を見つけたの。母が腰をおろして見守っていると、父は朝まで、闇を見つめては、両手に顔をうずめてすすり泣いていたそうよ。そのあと、父は二度と出勤しなかった。出勤できないんだといって。父は〈ジャマイカ貯蓄銀行〉の夜警に転職したわ。それで、どうにかわたしを大学へ通わせてくれたの。

だけど、一年かそこらで、その仕事にも耐えられなくなった。もしかしたら、ニューヨークに耐えられなくなったのかもしれないけど。それとも両方かしら。生まれてからずっと、父はニューヨークで暮らしてた。だけど、わたしが大学四年のとき、このメイン州の、母の姉が住んでいるスタンディッシュへ引っ越したの。それ以来、父が制服を着ることはなかった。父は食料品店の店員、母はバーのウェイトレスとして働いたのよ。そしてわたしが卒業した夏、父は心臓発作を起こして亡くなった。四十八歳だったわ。ここへ来てから、たった八カ月。それで死んじゃったのよ。

父が警官になったのは、祖父も警官だったからだと思う。警官になろうと決断したわけじゃなく、なんとなくなってしまったんでしょうね。だから参ってしまったのよ。善良で優しい人だったけど、自分がなにを望んでいるかがわからなかったのね。父が死んだのはそのせいだと思うわ。

わたしは父とちがう。最初からこの仕事につくために勉強したし、わたしはいいジャーナリストなの。たいていの場合、自分がなにを望み、どこへ行きたいのか承知してるし」

キャリーはラドロウの腕の下で向きを変えた。青白い顔をラドロウからそらさないまま。

「あなたは、エイヴ？　あなたはなにを望んでいるの？　なにかあるはずだわ」

ラドロウは最初、望んでいるものはきみだといってほしがっているのかと思った。だが、キャリーの目を見て、そうではないとさとった。もっと真剣な問いなのだと。この娘はわたしの孤独を正しく見抜いているんだな、とラドロウは思った。キャリーの質問に対する答えは、ただひとつしかなかった。

「真実だよ」

22

ラドロウは人と狼の夢を見た。

最初は、月明かりに照らされた森のなかの開けた場所にいるそいつらに、遠くから気づいたのだった。なにをしているのかはわからなかった。オークの大木に囲まれて、地面に近いところで動きまわっている影の群れが見えるだけだった。

ラドロウは用心しながら近づいた。うなり声と歯を嚙み鳴らす音が聞こえた。近くに寄ると、そいつらが人であって人でないことがわかった。血にまみれた狼の生皮をまとった変身能力者が、つぎの瞬間に狼そのものになった。人から狼、狼から人へ、境目なしに変化しつづけた。麝香と雨で濡れた毛皮の匂いがした。血の、尿の、匂いが。

そいつらは、対になって、あるいは単独で、おおむね円を描いて歩いた。二本脚で、四本脚で。ラドロウが木の陰に体を押しつけながら見ていると、どこからともなく人狼が湧いてきて、輪が大きくなったように思えた。二、三十人はいる。いや、それ以上だ。天空では満月が明るく輝いていた。ひとりが一メートル足らずのところを通った。そいつは直立していたが、木々のあいだの通り道に目をむけることなく——道を知りつくしているのだ——ずっと月を見あげていた。その目は、狂気を孕んでいたが、つぎの瞬間には、またおだやかになったように思えた。

それでどうしてほかの人狼のすぐあとを歩けるのか、ラドロウにはわからなかった。

ラドロウは、好奇心にかられ、引き寄せられるように、いっそう近づいた。怖くはなかったが、木の幹に隠れつづけた。そしてふと気づくと、すっかりとりかこまれていたのだった。十数人が直立している。だが、人ではなく狼の姿だ。人の痕跡はまったくとどめていない。グレーの腹、隆々たる筋肉、鷲の爪のように鋭い鉤爪、大きくあけた顎、とがった耳、だらりと垂れた青白い舌。みながみな、月を見あげている。

人狼たちは、心がひとつに結ばれているかのごとく、ラドロウをちらりと見た。

そして、顔をそむけた。

顔をうつむけて手を見ると、自分も人狼になっていた。

ほかの人狼と同じように月を見あげた。のっぺりと丸い月の表面に自分自身の瞬きをしない目が映っていた。

そこで目が覚めた。ラドロウは、そのまま、ベッドで長いあいだ動かずに、夢を思いかえしていた。

23

ラドロウは、トム・ブリッジウォーターと会うために、午前中に町へ行った。時間が早かったので、保安官事務所には、コーヒーマシンでコーヒーを淹れているトムしかいなかった。コーヒーを勧められたが、ラドロウは断った。ふたりがデスクにむかって腰をおろすと、トムはシュガードーナツを勧め、ラドロウはまた断った。トムは自分でもドーナツを食べようとしなかった。

「わからんな」と保安官はかぶりをふった。「理解しがたいよ。ひょっとしたらほかに犯人がいるんじゃないだろうか」

「ほかに？　それならだれがあんなことを？」

「知るもんか。いいか、エイヴ。あの一家は、町にいもしなかったんだぞ。裏はとった。下の息子、ハロルドの十八回めの誕生日を盛大に祝うために、ケープエリザベスの別荘へ行ってたんだ。証人が十人以上いる。全員、信頼できる人物だ。あの晩は、一家全員が、ずっと別荘にいたんだ」

「ピートは?」

「パーティーに出席するために同行してた。そのまま泊まったんだ」

「じゃあ、だれかを雇ったんだ」

「だれが? あの子、ダニーがか? いいかげんにしてくれよ、エイヴ」

「父親が雇ったんだ」

「どうしてそんなことをしなきゃならないんだ? どうしてそんな危険をおかすんだ?」

「わたしが息子を殴ったからだ」

「そのことは知ってるよ、エイヴ」

トムはラドロウを非難するように見つめた。ラドロウは気にしなかった。

「あんなことは二度としないでくれ」

「店の焼け跡からなにか発見できたのかい、トム?」

「ガソリン缶だよ。それもふた缶。そうとも、だれかが放火したのさ。それを隠そうともしなかったんだ」

「缶から指紋は検出できなかったんだな?」

「ああ」

「そして、目撃者はひとりもいない」

「いまのところは。ほとんど徹夜で目撃者をさがしたんだが」

「だれがわたしにあんなことをしたがるっていうんだ？　あの一家をべつにしたら？　教えてほしいもんだね」

「わからないといってるだろう。知らないうちに敵をつくってることだってあるんだ。あんたの応対に腹を立てた、頭のいかれた客かもしれない。不良少年の火遊びかもしれない」

「こじつけだ。そんな人物はいないし、きみだってそれは知ってるはずだ」

トムはため息をついて、「いいか、エイヴ。手を貸さないといってるんじゃないんだ。長いあいだの友だちじゃないか。きょうの午後、おれがマコーマック家を訪問して、話を聞いてみるよ。すぐに行きたいのはやまやまだが、九一号線で、くそったれなタンクローリーを含む四台の玉突き衝突があって、いまは手が足りないんだ。いまのところ、やれることはほとんどないしな。できるものなら、ひとりずつここへ呼んで、じっくりと、厳しく訊問したいさ。だが、ジャックマンから、まかりならぬといわれちまったんだ。相当な理由がないんだそうだ。ようするに、あの一家のだれかが自白するか、酔っ払うか、口実に使えるばかなことをしでかすかするのを待つしかないんだ。だれかがへまをしでかさないかぎり……」

トムは両手を広げた。ラドロウは、つかのま彼を見つめてからうなずいた。ラドロウは立ちあがった。

「わかったよ、トム。状況が変わったら教えてくれ」

「エイヴ、なにもしないでくれよ。これは警告だ。友だちとしてのな。あんたのためを思っていってるんだ。あんたがいってることが正しいなら——実際、ひょっとしたらそうなのかもしれない——あの三人はなにをするかわからないからな。もしもまちがっているなら、あんたは訴えられてひどい目に遭うはめになる」

「わかったよ、トム。なにもしないさ」

「本気でいってるんだぞ」

「いまはどんな本を読んでるんだ？」

「本か？」

「ああ」

「エルモア・レナードの『オンブレ』さ。おもしろいぜ」

「わたしも読んだよ。じゃあ、気をつけてな、トム」

「警告を忘れないでくれよ」

「わかった」

ラドロウは保安官事務所を出て、ひんやりとした朝の空気のなかへ歩みでた。

トラックを走らせてノースフィールドへ行き、マコーマック家のまえを通った。書斎の明かりがついていた。先の家のドライヴウェイへはいって方向転換をし、今度はもっとゆっくり走った。ドライヴウェイに車はないし、家のなかにも外にも人気(ひとけ)はなかった。トラックを一ブロック先で停め、歩いてマコーマック家へもどると、ステップへ通じる小道を歩きはじめた。きょうも芝生は刈りたてだった。その匂いが心地よいことは否定できなかったし、否定するつもりもなかった。

ラドロウは玄関ステップをのぼって、蹄鉄のノッカーを鳴らした。手の不自由な若い黒人のメイドがドアをあけ、ラドロウを認めて当惑し、顔をしかめた。

「たしか、カーラだったね？」

メイドはうなずいた。「はい」

「わたしを覚えているかい？」

「もちろん覚えてます、ラドロウさん」

低くやわらかい声で、なかば喉を鳴らすような、なかばうなるような話し方だった。この娘にふさわしい声だな、とラドロウは思った。手が不自由だろうとなかろうと、とびきりの美人だった。繊細な面立ちの顔は小さくて楕円形で、頰骨は高く、目は黒く大きく、肌はブラック・コーヒー色で、染みひとつ見あたらなかった。

「ちょっと話をしたいんだがね」

カーラはラドロウの背後の通りへ目をやり、左右を見渡した。ドアノブにかけたいほうの手が不安げに震えていた。通りは静まりかえっていた。

「家にはだれかいるのかい？」

「いいえ」

「じゃあ、ちょっとはいらせてもらってかまわないかな？　ほんのちょっとでいいから」

「困らせないでください、ラドロウさん」

「マコーマックさんたちはすぐにかえってくるのかな？」

カーラはかぶりをふって、「お帰りになるのはあしたです」

「それなら、だれにもわからないさ。わたしはぜったいに話さない。トラックは隣のブロックに停めてある。だれかが、トラックを見て、わたしがここへ来てるんじゃないかと疑う心配もない」

カーラはためらって、もう一度あたりを見まわしてから、なかへはいるように差し招いた。

そしてラドロウがはいるとドアを閉めた。苺に似た香水の匂いがかすかに鼻をくすぐった。この匂いもカーラに似合ってるな、とラドロウは思った。カーラがふりむいて、ラドロウとむかいあった。

「住み込みで働いてるのかい、カーラ？」

「はい。その階段を上がったところにある小さな部屋で」

「きのうの夜は家にいたのかい？」

「はい、いました」

「ほかには？」

「わたしだけです。みなさん、別荘のほうへ行かれていましたから。パーティーがあったんです。ハロルドさまのバースデー・パーティーが」

「きのうの夜はだれも帰ってこなかったんだね？　ひと晩じゅう？」

カーラはうなずいて、「どなたも帰られませんでした」

そうではないかと予想し、そうでなければいいと案じていたとおりの答えだった。カーラにもそれがわかったようだった。

「ご存じでしょうけど、警察にもお話ししました。けさ早く、電話がかかってきたんです。ラドロウさんがいまお訊きになったようなことを訊かれました。お店のことはお気の毒だと思っています。嘘じゃありません。ほんとうにひどいことです」

「ありがとう」

それ以上、たずねることは思いつかなかった。カーラは、磨きあげられた板張りの床に視線を落として、いいほうの手で不自由なほうの手の青白くなっている部分の上を握っていたが、顔をあげて、ふたたびラドロウを見つめた。

「ひと言、いわせていただいてよろしいですか、ラドロウさん」

「もちろん。ただ、エイヴと呼んでくれないかな。ラドロウさんというのはわたしの父のことだよ」

カーラは微笑んだ。カーラは、口だけではなく、満面に笑みを浮かべることのできるタイプだった。ラドロウは微笑みかえそうとした。だがそのとき、カーラはふたたび真顔になった。

「こんなことをいえる立場じゃないのは承知していますが、この家は、マコーマック家のみなさんは、たくさんの厄介事を抱えているんです。イーディスさまは精一杯の努力をなさっています。でも……ご存じのように、旦那さまは難しい方ですから。お子さまがたにも問題があります。その問題がどれほど深刻なのか、わかればいいのですが。心からそう思います」

カーラはかぶりをふった。本気で心配しているのがわかった。あらゆる道理に反し、それについてなんらかの責任を感じており、自分も有罪だと信じているかのようだった。長く勤めているあいだに、見たくないことを見、聞きたくないことを聞いてしまい、成功の見込みがほとんどなく、影響力もないというのに、どうにかして立ち直らせたいと願っているかのようだった。だしぬけに、カーラが気の毒になった。この娘は善人だ、とラドロウは確信した。自分にはなんのかかわりもない問題なのに、忠誠心からか、もともとの性格からか、それとも愛情からか、親身になって少年たちのことを心配しているのだ。

安心させてやれればいいのだが、とラドロウは思った。だが、それは不可能だった。

「信じてくれ、カーラ」とラドロウはいった。「少なくとも兄に関しては、問題は深刻なんだ。残念ながら」

「つまり、疑われているとおりのことをしたんですね？　あなたの犬を撃ち殺したんですね？」

「ああ、そのとおりだ」

カーラは悲しげにうなずいて、「驚いたといえればいいのですが。なにしろ、こちらにはもう六年お世話になっていますから。お暇をいただこうと思ったことなら何度もあります。たぶん、奥さまがわたしを必要としていると考えているからでしょう。奥さまには、だれかが必要なんです。それでも、ときどき、それだけの意味があるのだろうかと気持ちがぐらつきます。旦那さまとダニエルさまのせいでつらい思いをすることがあるのです。我慢の限度を超えることが。ハロルドさまに悩まされることもときどきあります。それに、ときどき、怪しげな人たちが出入りしますし。ほかの場所で、ほかの仕事についたほうがいいのかもしれません」

カーラは萎えた手をあげた。指は青白い小さな鉤爪のようだったし、手首は茶色と白の斑模様になっていた。カーラが腕を恥じていないことがわかり、そのせいでラドロウはますます好感を持った。

「これのせいで引け目を感じたりはしていません。ちゃんとした手がそろっているほうが仕事を楽にこなせるでしょうけど、片手しかないってわけでもありませんから。それに、わたしはなんだってできるんです。母からは、引け目なんか感じることはないと教えられましたし、わたしは母を信じています。でもときどき、とどまるべきか辞めるべきか、わからなくなってしまうのです」

ラドロウはうなずいて、「わたしにはなんの助言もできないよ、カーラ」

「わかっています。もう少し我慢して、様子を見ることにします」

ラドロウは、ふりむいて立ち去りかけながら、「時間を割いて質問に答えてくれてありがとう、カーラ」

ステップの上でもう一度ふりかえると、カーラはドアを閉めようとしているところだった。

「怪しげな連中が出入りしてるっていってたけど、最近は見かけたかい?」

カーラは笑って、「しょっちゅう見かけてますよ。見かけたり、見かけなかったりですけど。見たという返事を期待してらっしゃるんですよね? 残念ながら、きのうの夜は見かけていません。それに、この何日かも。もちろん、家族のみなさんがこの家からかける電話をすべて聞いているわけじゃありませんけど」

　ラドロウはあらためて礼を述べてトラックへもどり、ドースト家があるシーダーヒル・ロードへまわった。今度は家のまえに停めてトラックを降りたとき、家の横からマットレスが消えており、錆びた洗濯機しか残ってないことに気がついた。代わりに、乗って運転するタイプの真新しい電動芝刈り機があった。だらしなくのびていた芝も、ごく最近刈られ、種がまかれていた。前回はブザーが鳴らなかったことを思いだしたが、とりあえず押してみた。今度は鳴った。

　内側のドアがあき、前回と同じく、ドーストが、薄暗い室内を背景にした灰色の人形（ひとがた）となって、網戸のむこうにあらわれた。前回と同じく、Tシャツとサスペンダーで吊った型くずれしたズボンという格好だった。ドーストの不格好な制服だ。

「またあんたか」とドーストはいった。

「ピーターはいますか、ドーストさん？」

「いいや。ケープへ行ってるよ。それがどうした？」

「きのうの夜のパーティーに出席するためですね？」

「ああ、パーティーへ行ったんだよ。なんでそんなことを聞くんだ？」

「まだお聞きになっていないようですね。きのうの夜、わたしの店が焼けてしまったんです。何者かが放火したんですよ」

「まさか、いまおれが思ってることをいいたいんじゃないだろうな、ラドロウ。なにしろピートは、ひと晩じゅう、マコーマック家の人やそのほか何十人もの人たちといっしょだったんだ。息子は無関係だよ。まちがいない」

「よくあちらで泊まるんですか？　マコーマック家の兄弟とそんなに仲がいいんですか？」

ドーストはかぶりをふった。「いいや、今度がはじめてだ」

まるで侮辱されたみたいだな。いまもマコーマックの財産と権力に反感を抱いているみたいだ。

「招待されたのははじめてだよ。パーティーがあったから、特別だったんだ。それがどうした？」

ラドロウは、この太った陰気な男にも、その反問にもうんざりしていた。それに、なにがどうなっているのかもはっきりさとっていた。ピートも、マコーマック家の連中と同じで、都合よく催されたパーティーに出席したというアリバイをつくるためだけに招待されたのだ。もちろん、証拠はない。まったくない。カーラがほのめかしたように、マコーマックは何本か電話をかけるだけでよかったのだ。パーティーには出席しなかっただれかに。

「生活環境を改善したようですね」

ラドロウはそういって、芝刈り機のほうをちらりと見た。ドーストは無表情でラドロウを見つめていた。ラドロウがブザーを押すと、家のなかで音がした。

ドーストはおちつきをうしない、網戸のむこうでもじもじしはじめた。

「そんなところだ。なあ、いまちょっと、忙しいんだがね」

「ええ、すぐにお暇しますよ。ただ、ああいう芝刈り機は安くないんだろうなと思っただけで。聞いたところによると、失業なさっているということなのに」

「ほお？　じゃあ、あんたはデマを聞いたことになるな」

ドーストは怒っていた。自尊心を傷つけられたからだったが、罪悪感も混じっていた。罪悪感ははっきりと見てとれた。だがドーストは、良心の呵責に長く苛まれるタイプではなかった。現金がからんでいるときには。ラドロウは、網戸を突き破って、ドーストの顔面に拳を叩きつけてやりたい衝動に駆られた。

「ああ、なるほど」とラドロウはいった。「マコーマックさんが仕事を世話してくれたんですね。ちょっとした余禄もあったんじゃありませんか？」

「もうたくさんだ」と、ドーストはドアをばたんと閉めた。

ラドロウはトラックへもどった。またしても無力感に襲われ、腹を立てていた。店が焼けてしまったことなどどうでもよかった。店への放火はラドロウを打ちのめすための手段に過ぎなかったが、効果はなかった。

肝心なのはそれ以外のことだった。前夜の火事の最中にわかったことだった。つまるところ、重要なのは犬のことであり、犬がいかに殺されたかだった。どうすればいいのかはわかっていた。心のどこかで、最初からそれを望んでいたのかもしれなかった。常識的に考えればそんなことをする理由はないのかもしれなかったが、ラドロウにすれば大ありだった。

あの少年にはどんな理由があったのだろう？　そして少年の父親には？

ラドロウは、トラックに乗って家へ帰った。

第三部　レッド

24

ラドロウは片手にスコップを持ち、片腕の脇に毛布をかかえて木の根元へ行った。毛布を地面に置き、掘りはじめた。

掘ったばかりなので、まだ土は軟らかかった。犬の死体はすぐに見つかった。ラドロウはスコップを置くと、手袋をした両手で土を払いのけた。犬の死体の、鼻をつく強烈な甘ったるさが、掘りかえした土の匂いを圧倒した。

犬の死体は腐敗し、皮が縮んでしまっていた。死体の裂けた腹部や胸郭に地虫がたかっていたので、泥だらけの赤い毛皮からできるかぎり払い落とした。破壊された頭部はまだラドロウのシャツで覆われていたが、シャツまでぺらぺらになって実体が薄れているように思えた。あの日の、川のほとりの出来事は何年もまえの出来事で、死体はなかの犬がとうの昔に抜けだしてしまったなじみのない物体のように思えた。

犬を穴から持ちあげて、地面に広げておいた毛布の上におろした。穴のなかの犬が横たわっていたところは、じっとりと黒くなっていて、昆虫の群れが饗宴をくりひろげていた。犬を毛布でくるむと、スコップをとって、穴が隠れるまで土をかけた。どういうわけか、穴のことを考えるのも、目をむけるのも嫌になっていた。穴を掘ったせいで、背中が痛みはじめていた。

トラックのそばまで来たとき、エマ・シドンズが飼っている、黒いむく毛の雑種の雌犬を見かけた。雌犬は、道路の向こう側から、葬列の先触れか事件の目撃者のように、ラドロウをじっと見つめていた。雌犬が匂いを嗅ぎつけた。なにを運んでいると思っているのだろう、とラドロウは考えた。なにかに気づいているのはたしかだった。なにしろ、いつもなら、レッドをさがすか、耳のうしろを掻いてもらおうとして近よってくるはずだからだ。ところが、いまのわたしたちは死の匂いを漂わせてるってわけだな、とラドロウは思った。死が、雌犬を、離れた場所に釘づけにしていた。だれが死んだかわかっているのだろうかとラドロウはいぶかり、たぶんわかっていないのだろうと推測した。しかし、血から血へ、どのような声が呼びかけられているのかは想像の埒外だった。

ラドロウは犬をトラックの荷台に置いた。

黒い雌犬はその場でくーんと鳴いた。エマが餌をやりすぎているか、レッドに追いかけられるという運動が足りないかのどっちかだな、とラドロウは思った。

これからはどんな犬があの犬を追いかけるのだろう？

ラドロウがトラックに乗り、エンジンをかけると、雌犬は道路脇に丈高く茂っている茶色の雑草のなかへ分け入りかけ、ふりかえって皺の寄った額と澄んだ眼を見せてから、雑草のなかへ消えていった。

ラドロウはトラックを発進させ、坂をくだりはじめた。

25

ハイウェイを走って、自分が建設したのだとマコーマックがいっていた〈ホーム・デポ〉というショッピングセンターのまえを通りすぎた。〈デポ〉は円形になっており、四分の一を占めるアスファルト舗装の広大な駐車場のうしろの、残り四分の三には、二軒――Kマートと IGA――のスーパーマーケット、二軒のレストラン、クリーニング店、旅行代理店、美容院、宅配便の営業所、フィットネス・クラブが建ち並んでいた。なにもかもが、巨大な駐車場までが、ラドロウを時代遅れになったような、妙な気持ちにさせた。万事が単純だった時代から迷いこんできて、それらを生まれてはじめて見たせいで、自分がなにを目にしているのかもわからないでいるような気分にさせられた。

ハイウェイから、ケープエリザベスの静かな並木道へはいると、ラドロウは何度も角を曲がって、とうとう、雰囲気といいインテリアといい、マコーマックが常連になっているにちがいないレストランを見つけた。トラックをそのレストランのまえに停めると、ラドロウはなかへはいった。

まだランチタイムになっていなかった。ラドロウはカウンターでビールを注文して代金を払い、バーテンに店長はいるかとたずねた。バーテンは奥のドアを指さした。

そのドアをノックすると、どうぞという声が聞こえた。店長は、紙片がべたべたと貼ってある掲示板が壁の二面を占めている乱雑な部屋の、乱雑な机に座っていた。細面(ほそおもて)で日に焼けており、ネクタイをはずしている、きちんとした身なりの中年男だった。ラドロウを見て、微笑んだ。

「なにかご用ですか？」

自分はマコーマック家の友人で、ポートランドからケープの別荘へ行くところなのだが、もう少しで町に着くというときに、略図と電話番号を書いたメモをキッチンのシンクに置いてきてしまったことに気づいたのだ、とラドロウは語った。けれどもふと、マイクが、この〈キャプテンズ・テーブル〉でよく食事をするといっていたのを思いだしたので、なんとか助けてもらえないだろうかと考えたのだと。

「たしかに、マコーマック家のみなさまはお得意さまです」と、店長はラドロウに道を教えた。

ラドロウは握手をし、礼を述べ、バーを通って外へ出、トラックにもどった。

町を離れて一キロほどで細い道へ折れた。最初は、右手に濃い藍色の海がひろがり、反対側の崖のきわに家が建ち並んでいる、ぎざぎざした高い海岸道路を走ったが、道はやがて樅と松が密生する森や樺の林のなかへはいり、とうとう馬の群れが草を食んでいる田園地帯へ抜けた。店長がいっていたとおり、舗装道路が、押し固められた土の道に変わった。トラックはふたたび森へはいった。

丘の頂上に達すると、道のカーブの先に家が見えた。白い羽目板を張った三階建ての家で、黒い雨戸は塗り替えたばかりだ。風雨にさらされた木のフェンスと郵便受けのむこうの、広びろとした芝生はきちんと手入れされている。

トラックを門のまえで停め、待った。

だれも出てこなかった。

トラックを降り、後部へまわって、荷台から犬を持ちあげた。その軽さに、あらためて驚いた。父親がポーチのぶらんこを降りたときに実感した体重の減少を連想した。

メアリが死ぬまえ、犬はベッドの足のほうの敷物で寝ていたのに、メアリが死んでからは、ベッドでラドロウと並んで寝るようになっていたことを思いだした。犬は眠りながら放屁したが、ラドロウは気にしなかった。走りだすこともあった。夢のなかで猫か野兎を追いかけているのだろう、とラドロウは想像していた。それとも、メアリかティムと並んで走っていたのだろうか。夜、寝つけないことがたびたびあるというのに目が覚めてしまうから、こちらは気になった。そんなときの犬はしっかりした実体を備えていた。ラドロウは、犬がうめくような声を出したり、寝返りを打ったりしたのを思いだした。ベッドで寝ている犬の安らかならざる眠りは、ラドロウ自身の眠りとそっくりだった。

犬を抱きながら、ふさふさの赤い毛でおおわれた首筋に顔を押しあてた夜のことが脳裏によみがえった。犬は、ふりかえってラドロウの顔からしょっぱい涙をなめとることもあった。だが、ラドロウがおちつくまで、じっと動かないこともあった。結局、そうすることが必要なのだ、という秘密の知識を分かちあっているかのようだった。犬の、洗っていない毛の麝香(じゃこう)のような匂いですら、慰めになった。

ラドロウは家のほうへ歩きはじめた。

木々のあいだを吹いてきた風は常緑樹の香りがした。死の匂いが吹き散らされた。家に着いたらどうするつもりなのか、自分でもはっきりわからないまま、坂をのぼってここまで犬を運んできたのだが、マコーマック親子に犬を見せなければならないことはわかっていた。

木製のステップを上がる自分の足音が響いた。のろのろとした老人の足どりだった。

左手の窓でレースのカーテンが揺れた。あと二段で広い灰色のポーチへ着くというときに、渦巻模様の凝った網戸のむこうでドアがあき、つづいて網戸もあいた。

ラドロウは足を止めた。戸口に立っているのは女性だった。長い髪をうしろでまとめてシニヨンにしている。ジーンズをはき、デニムのシャツを腕まくりし、タオルで手を拭いていることからすると、掃除をしていたのだろう。目に恐怖をたたえているのがわかった。あの日、階段で見かけたときと同じ目だったが、今回は当惑も加わっていた。

マコーマック夫人が視線をまず荷物へ、そしてラドロウへ、それからまた毛布へむけたのがわかった。なにが隠されているのかさとった夫人は、目を大きく見開き、視線を泳がせた。

「そんな」

「ご主人とお話ししたいのですが」

「ひどいわ」

マコーマック夫人は片手で口元を押さえた。泣いているのがわかった。

「もうしわけありません。ご主人にこれを見ていただきたかったのです。奥さんではなく」

夫人はかぶりをふった。

「どうしてこんなことをするんですか？　どうして？」

「失礼を働くつもりはなかったのですが、気を悪くされたようですね、奥さん。だれがだれになにをしたのかをはっきりさせたいだけなんです」

夫人はラドロウのほうへさっと足を踏みだしてから、顔を横にむけた。

「これが見えますか？」

顔のわきに垂らした巻き毛で隠している頰には、青と黄色の醜いあざがあった。

「きのうつくったあざなんです、ラドロウさん。ベッドへはいろうとしていたときでした。ただ、あなたについてたずねただけだったんです。おわかりですか？　あなたの名前を出して、どうなっているのかと夫にたずねただけだったんです。返ってきた答えがこれでした」

「よく殴られるんですか？」

「いいえ。はじめてです」

「ほんとうに？」

「ずっと昔に一度。夫は飲み過ぎていたんです」

「一度殴った夫は、たいていまた殴るんですよ」

「あなたがいなければこんなことにはならなかったんです！　わからないんですか？　お願いだから、わたしたちを放っておいてください！」

「わたしがはじめたわけじゃありませんよ。奥さんに見せるはめになってしまったことは、もうしわけないと思っています。そんなつもりはなかったんです。奥さんを苦しませるつもりは」

マコーマック夫人はふたたび毛布を見て、「ひどすぎる」といった。顔が青ざめていた。片手で口元を押さえた。一瞬、失神してしまうのではないかとラドロウは思った。風がないでいた。犬の匂いがふたたび強烈になっており、ふたりは死臭で包みこまれていた。

「ご主人はいらっしゃいますか？」

「ここにいるよ」とマコーマックがいった。

夫人の背後から、戸口を通って、まずマコーマックが、つづいてふたりの息子があらわれた。その背後には、ピート・ドーストの姿もあった。ダニーはピストルを構えていた。三八口径のリボルバーのようだった。

父親もピストルを構えていた。ただし、マコーマックのほうは四四口径のマグナムだった。ラドロウも一度撃ったことがあった。熊でも倒せる銃だ。

まったく、銃好きな一家だ。

「正気の沙汰じゃないな」とマコーマック。「ここまで押しかけてくるなんて」

「かもしれません」

「残念ながら、かもじゃないよ」

「ときには、目のあたりにするまでわからないことがあるんですよ、マコーマックさん。見て、味わって、匂いを嗅いでください。そうすれば、あなたにもわかるでしょう。きのうの夜、何者かがわたしの店に放火しました。何日かまえの晩、わたしの家の窓に何者かが石を投げつけました。でも、わたしがここへ来た理由はそのどちらでもありません。わたしはこれのために来たのです」

ラドロウは死骸をマコーマック一家のまえのポーチにそっと降ろし、毛布を開いた。

「なにもかもがこれからはじまったのです」

「なんてこった」

ラドロウは犬の頭部の残骸を覆っていたシャツをはずした。シャツは破れ、繊維が薄くなっていた。とつぜんの光に蛆虫がのたくった。

「その汚らしいしろものをここから片づけろ。い、ま、す、ぐ、だ、ラドロウ」

「ええ、すぐに片づけますよ。これについてどうするつもりかを聞かせてくれさえしたら」

「なにもするもんか。いいか、これは不法侵入なんだぞ」

「わかってますよ」

「それなら、撃たれたってしかたがないこともわかってるんだろうな」

「ええ、それもわかってます」

ダニーは大股に二歩進んで父親のまえへ出、ステップを降りてラドロウに迫り、銃をラドロウの耳に押しつけて、いった。

「くそじじいめ、どこまでしつ、こ、い、んだ」

ラドロウは両手をのばして少年の前腕をつかんだ。「やめろ、ダニー!」というマコーマックの叫び声が聞こえたのと同時に、顔のすぐそばで銃声が轟き、耳があったところに湿った衝撃を覚えた。銃は押しつけられたままだったので、ラドロウは火薬の匂いを嗅ぎ、血を浴びた冷たい銃身を頬に感じながら、ステップをあおむけに倒れはじめた。ぽかんと口をあけたままポーチから身を乗りだしている男と少年たちと女の姿が離れていく。前腕をつかんだままだったので、少年も引きずられて転落し、ラドロウの胸に頭をつけるような格好で芝生の上に倒れこんだ。

ラドロウが少年の腕をぐいとねじって木製のステップの一段めに叩きつけると、奔流のような陰鬱な音のなかから、遠く、かすかに少年の悲鳴が聞こえた。

銃が芝生に落ちた。ラドロウは少年をはねのけ、手をのばしてピストルをとると、倒れている少年の頭に銃口を強く押しつけながら、もう一方の腕で首を絞めた。少年は身をよじって逃れようとしたが、頭に銃を突きつけられていることに気づくとおとなしくなった。

またしても背中が痛みはじめていた。ひどい痛みだった。激痛が足まで走った。耳からの血がダニーの顔に滴り落ちた。頬に落ちた血が、大きくあけてぜいぜいあえいでいた口へ流れこむと、少年は赤いしぶきを噴きあげた。

「こんなにつまらないミスをくりかえす子供ははじめてだよ」

ラドロウは撃鉄を起こした。

「人を殺そうと思ったら、殺さなきゃだめなんだ。さもないと、そいつはなんとしてでもおまえを殺そうとするからな」

マコーマックがわめいていた。だが、激しい耳鳴りのせいで、なにをいっているのかわからなかった。

顔をあげると、マコーマックが四四口径のマグナムをむけていた。

「銃をおろせ」とラドロウはいった。「わたしを撃てば、この子も死ぬ。単純な話だ」

夫人が「お願い」といっているのが口の形でわかった。ラドロウにいっているのか、夫にいっているのかはわからなかった。夫人の顔は、一瞬で、老け、やつれていた。マコーマックは、つかのまラドロウを睨んでいたが、すぐに銃をわきにおろした。ラドロウは、一、二秒、息をととのえながらマコーマックを見つめてから、ダニーに目をむけた。

「いわれたとおりにするんだぞ、ダニエル。まず、立ちあがれ。わたしといっしょに、ゆっくりと。最初に膝をついてから、体を起こすんだ」

少年はしたがった。背中が激しく痛み、ラドロウはうずくまってしまいそうになった。どうにかこらえた。血が首を伝うのを感じながら、耳はいくらかでも残っているのだろうかと考えた。

「奥さん」とラドロウはいった。「そのタオルをこっちへ投げてもらえませんか?」

夫人はタオルを握りしめていた。指の関節の赤さが怒りを示していた。夫人は震えながら進みでた。顔が青ざめていた。夫人からタオルを受けとると、ラドロウはうなずいて、タオルを耳に押しあてた。

銃はダニエルのこめかみから離さなかった。ラドロウは夫人に礼を述べた。

「息子さんは町まで連れていきます」ラドロウはいった。「たしかに不法侵入だったし、わたしは犯罪をおかしたのでしょうが、武器を使って襲撃するとなると話はべつです。真っ昼間、不法侵入の容疑者を、至近距離から撃ったなんていう話は聞いたことがありません。警察だって初耳だと思いますね。きっとダニーから話を聞きたがるでしょう。今度は新聞に載るかもしれませんよ、マコーマックさん。ひょっとしたら」

マコーマックは、怒りのあまり歯をむきだしてなにか叫んだ。

「聞こえないんですよ」とラドロウ。「もうしわけありませんが」

銃をダニーの脇腹に押しつけながら坂道をくだりはじめてから、立ちどまってふりかえると、マコーマック夫人はポーチのまえで凍りついたように立ちつくしていた。

「犬をもとのようにくるんでおいていただけませんか、奥さん」とラドロウは声をかけた。「またもどってきますから」

26

「運転するんだ」とラドロウはダニーにキーを渡した。

銃で狙ったまま、ダニーを運転席に座らせてから、助手席へまわった。うめきながら乗りこむと、少年は首をねじってラドロウを見つめていた。なにかを期待している目つきだ。

「出してくれ」とラドロウはいった。

少年はイグニッション・キーを差しこんで、エンジンを始動させた。

「ゆっくり走るんだぞ。ひどいでこぼこ道だからな」

「どこか悪いのかい？」

「ああ、まあな」

「まさか、撃たないよね」

「きょう、わたしがここへ来ると思ってたか？」

「それなら、どうしてわたしが撃たないとわかる？」

「いや」

「あんた、頭がおかしいよ」

かん高い音が絶え間なく聞こえており、少年の声はひどく遠く聞こえた。

「かもしれない。だが、だとしたら、逆らわないほうがいいんじゃないかね？」

少年はトラックのギヤを入れ、坂道を下りはじめた。ラドロウは血が染みこんだタオルをひっくり返し、きれいなほうを耳に押しあててから、また離して検分した。かなりの血がついていたが、予期していたほどではなかった。出血は止まりかけているのだろう、とラドロウは思った。バックミラーを調整して、自分が映るようにした。

ぎざぎざのスプーンでくりぬいたように、耳介の上半分がなくなっていた。ずたずたになった軟骨組織が、裂けて血まみれになった皮膚から突きでている。頭の横を見ると、耳のすぐうしろに、長さ三センチ弱、幅五、六ミリほどのてらてら光る筋ができていた。そこに生えていた毛は消えうせており、血がにじんでいる。ほんのちょっと角度がずれていれば、命がなかったところだ。ラドロウはバックミラーをもとにもどし、ふたたびタオルを傷に当てた。

「犬のことはすまなく思ってるといったら、少しは気分がおさまるかい？」

「もっとまえなら、多少は。本気で謝っていると思えばだが。いまはそう思えないな。弟は謝ってくれたよ。知ってたかね？　いや、たぶん知らないだろうな。だが、いまさら謝ったところで、もう遅すぎる。そんな段階はとうに過ぎてしまっているんだよ」

「ねえ……」

「黙って運転しろ」

森が終わって舗装道路がはじまり、トラックはゆるやかに起伏する広びろとした緑の農地のなかを走った。ラドロウは、ダニーが、たとえ直線でも五十キロ以上出そうとしないことに気づいた。町へ着くのをできるだけ遅らせようとしているのだろう、とラドロウは思った。なにかをいい、なにかをして、警察へ突きだすというわたしの決心を変えさせようとしているのだろう。だが、時速五十キロはラドロウにとっても好都合だった。だいぶ楽にはなったものの、まだ背中が痛かったし、弾丸がかすめた頭は、一定のリズムでハンマーを叩きつけられているようにがんがんしていたからだ。ゆっくりなほどありがたかった。

ふたたび森のなかへはいったとき、はじめて判断ミスに気づいた。

とつぜん、トラックがうしろから追突された。ちらりと見ると、ダニーはふんばって衝撃に備えていたので、バックミラーでうしろから迫ってくる車に気づいていたのだとさとった。右手をさっとダッシュボードについたが、肩がドアにあたった。ダニーが銃のほうへ視線を走らせたのがわかった。

そうはいかないぞ、坊や。ラドロウは銃をしっかりと握っていた。

ふりかえると、大きな黒のリンカーンを運転しているのはマコーマックだった。隣の助手席に座っているのは、体の大きさからするとピートとおぼしかった。うしろに、もうひとり乗っている。たぶんハロルドだろう。ハロルドは、この作戦に進んで参加したのだろうか、とラドロウは思った。

リンカーンはふたたび加速し、激突した。今度はラドロウも衝撃に備えていた。トラックは前方に弾き飛ばされたが、道路からはそれなかった。

ダニーはアクセルから足を離していた。

「離すな」ラドロウは命じた。「走りつづけるんだ」

少年は顔を歪めたが、命令にしたがった。

あやうく木に衝突するところだったな。マコーマックの息子が運転してるっていうのに。

それなのにマコーマックは、ラドロウが正気をうしなっているというのだ。

ラドロウは考えようとした。割れるような頭痛が妨げになった。

少年にトラックを停めさせ、外へ出て対決するという手もあった。だが、そんなことをすればマコーマックの思う壺だった。マコーマックは四四口径のマグナムを持っているし、射撃の腕を自慢していたのだ。それにひきかえ、ラドロウは何年も銃を撃っていない。戦争へ行って以来、真剣に射撃をしていないし、そもそも拳銃を扱ったことがほとんどない。もう一度、少年を人質にすることもできる。だがダニーは、たとえ半信半疑だったとしても、図星をさしていた。ラドロウに少年を殺すつもりはなかった。というよりも、だれも殺したくなかった。そうなると、窓ごしに拳銃を撃つこともできない。マコーマックは、すでに察しをつけているのかもしれなかった。ラドロウは人を殺すタイプではないと。だから、こうして追いかけてきたのだろう。

きっと、その推測に賭けているのだ。

やはり、このまま走りつづけたほうがいい。マコーマックも、まさか息子が命を落としかねないほど強くはぶつかってこないだろう。森を抜けてしまえば、海岸ぞいを走ることになる。家も、住人の目もある。目撃者がいるのだ。そこを過ぎれば、町へつづくハイウェイだ。

ここを切り抜けさえすればいいのだ。たぶん、あと三キロかそこらを。

またしてもリンカーンがぶつかってきた。今度がいちばん激しかった。

トラックは横へそれて狭い路肩に乗りあげ、横滑りし、ふたたび道路へもどった。

「くそっ！　なあ、停めてもいいだろう？　このままじゃ死んじまう！」

「走りつづけろ。いままでと同じスピードで。速度は上げるな」

「パパはあきらめないぞ。嘘じゃない」

「あきらめるべきだな」

「そういう人なんだ。あきらめっこない」

「おまえのいうとおりかもしれないし、そうじゃないかもしれない」

「嘘じゃないっていってるだろ！　停めなきゃやばいんだ！」

「なにをいっても無駄だ。耳を貸すつもりはないからな。この銃があるかぎり、おまえには走りつづけるしかないんだ」

　少年は冷や汗をかいていた。ハンドルを強く握りしめていた。

　ラドロウは、一瞬、疑念を抱いた。少年が嘘を、それも巧みな嘘をつくことはわかっていた。だが、判断に迷うのは、判断を下すのが不可能なのは、どれほどうまい嘘をつくのか、ということだった。父親についての言葉が真実か否かだった。

　そのとき、ラドロウは解答を得た。

　ふりむくと、リンカーンは六、七メートルうしろを走っていた。

　そしてとつぜん、恐ろしい勢いで迫ってきたのだ。

　追突したときのリンカーンのスピードは、優に時速百キロを超えていただろう。リンカーンがトラックの荷台の助手席側に激突した瞬間、ラドロウが聞いたのは、ガラスが割れる音と、金属と金属がこすれる音と、隣の運転席でダニーがほとばしらせた絶叫だった。一瞬、トラックのなかが無重力状態になり、時間が凍りついた。車内がだしぬけに虚空へと変じた。そしてトラックは土手を越え、がたがた揺れながら藪や岩や倒木を乗り越えて、松と樺が密生している林へ突っこんでいき、進路を遮るようにのびていたすさまじく太い枝にぶち当たった。ラドロウの側のフロントガラスに蜘蛛の巣状のひびが走り、こなごなに砕け散って、彼の顔に、両手に粉微塵になったガラスが降りそそいだ瞬間、トラックは傾き、ひっくり返り、一回転してもとにもどり、さらにもう一回転した。その間、ラドロウは、天井に、座席に、そしてまた天井に叩きつけられた。いつのまにやら助手席側のドアが大きく開いていた。

ダニーがぶつかってきたとき、トラックはなにかにぶつかって、がくんと止まった。最後にラドロウの脳裏に浮かんだのは、無意味なたわごとだった。これで一、線、を、越、え、て、し、ま、っ、た、な。一、線、を、越、え、た、な、とラドロウは考えたのだった。

27

最初は、なにも見えなかった。なにも聞こえなかった。

とげとげしい、乱暴な口調の声が聞こえた。不安と、おそらくは恐怖がにじんでいる。少しのあいだ、その音はなんの意味もなさなかった。単語として、会話として聞こえるようになるには時間がかかったが、どういうわけか、意識をとりもどした瞬間から、その声に込められている感情はありありと感じとれた。つかのま、外国語を聞いているか、言語はまったく解さないが、人間の感情には微妙なニュアンスまで気を配らなければならない動物になったかのようだった。

「あのくそったれなしろものを見つけるんだ」

い、い、い、い、い、マコーマックの声だ。息子のまえであんな言葉遣いをするなんて、感心しないな、とラドロウは思った。

「さがしてるよ、パパ！」

ハロルドの声だ。震えてる。おびえてるんだ。近い。左のほうのどこかだ。びっしりと生えた草を掻きわけ、岩の上をせかせかと歩く少年の足音が聞こえた。また草叢にはいった。

ラドロウは松葉が散り敷いた場所に倒れていた。匂いと、手の甲のちくちくする感触でそれがわかった。頭はじかに太い根に載っていた。トラックからここまで投げだされたのか、それとも自分で這いずってきたのかは思いだせなかった。

「あっちをさがして見ろ。トラックのなかはもう一度確認したか？」

ため息。「ああ、たしかめたよ、パパ」

今度はダニーだ。不機嫌な声だ。父親がわずらわしくてたまらないと思っているような声。ダニーは生きていたわけだ。すぐ横でダニーの足が松葉を踏む音が聞こえた。

この世に正義などありはしないのだ。

「あの銃をとりもどさなきゃまずいんだ。しっかりさがせ」

視界が徐々に晴れてきた。意識をとりもどしたことをさとられないほうがよさそうだ、とラドロウは思った。身じろぎもせず、まぶたをほんのかすかにしかあけなかったので、彼らの姿はぼんやりとしか見えなかった。ひと通り体を動かして、どこか折れていないかたしかめたかった。だが、危険をおかす気にはなれなかった。地面をさがしてあたりをうろつく足音が聞こえた。

なにをさがしてるんだ？　銃だ。ラドロウがトラックへ持ちこんだ三八口径だ。手を離した記憶はなかった。危険を覚悟で指を動かしてみた。持っていない。持っているはずがなかった。

「ねえ、パパ。これだけさがしても見つからないのに、どうしてやつらが見つけると思うのさ？」

またダニーだ。いらだっている。ここにいたくないんだな、とラドロウは思った。

「ばかをいうな。警察が調べるんだぞ」

「町の警察じゃないか。ＦＢＩが捜索するわけじゃないんだよ。ただの交通事故にしか見えないんだし。町の警官は専門家じゃないんだ。報告書に交通事故だと書いて、それでおしまいにするに決まってるよ」

ダニーが意図しているほどには自信たっぷりに聞こえなかった。ぼんやりとした灰色の人影が、ラドロウの一メートルほど上で、父親にむかって両手を振り動かしている。いま、ラドロウは少年の声に緊張の色を聞きとっていた。神経過敏になっているのだ。少なくとも、衝突はダニーを動揺させたわけだ。たいした成果ではないが、成果にはちがいない。あの少年も、ふつうの人間とそれほどちがっているわけではないということだな、とラドロウは思った。トラックがまっすぐに森へ突っこんでいったとき、少年は死ぬことを恐れた。そしていま、法律を恐れている。

さして役に立つ情報ではなかった。いまのところは。

「マコーマックさんのほうが正しいと思うよ、ダニー」

ピート・ドーストだ。いちばん遠くにいる。ここからは見えないどこかに。ピートはおびえきっている。いまにもとり乱してしまいそうな声だ。

「だって銃は証拠なんだよ。あの銃はマコーマック家の所有物なんだ。もしも見つかったら、どうしてここにあるんだってことになるじゃないか！ 見つけなきゃやばいよ」

「なにがやばいんだよ。いっただろ、おれたちが見つけられないものを、警官が見つけっこないんだよ、とんま」

「ふたりとも、喧嘩はよせ。黙ってさがすんだ」

またマコーマックだ。すぐそばを、左から右へ歩いていくのがわかった。木々のあいだを漏れてきた光で、四四口径のマグナムがぎらりと光った。一瞬後、ピート・ドーストが通りすぎた。ライフルかショットガンを持っている。目を大きくあけなければ、どちらか判別できなかった。そんなことをするつもりはなかった。どっちにしろ、たいしたちがいはないしな、とラッドロウは胸のうちでつぶやいた。

しばらくのあいだ、彼らは黙ってさがした。

聞こえるのは、足音と、頭上で、また遠くで、鳥が啼く声と、風が松の枝や藪を揺らす音だけだった。

「ちくしょう。なんでこうなるんだ」とピートがつぶやいた。

静寂がつづいた。

しばらくして、マコーマックがため息をついた。

「もういいだろう。いつまでもここでぐずぐずしているのがいい考えとも思えないしな。リンカーンをあんなところに停めたままじゃ。きっと、ドアがあいたときに、途方もなく遠くへ飛んでしまったんだろう。あとは幸運を祈るだけだ。気にいらないが、一日じゅう、ここでさがしつづけるわけにもいかない」

マコーマックは、ため息をつくと、考えをめぐらしているように、じっと立ちつくしていた。

「ピート、ハロルド、適当な枝をとってきて、葉を落としてくれ。いいか、ここへはだれも来なかったんだからな。ダニー、さあ、さっき決めたとおりにするんだ」

視野の端に、彼らがなにやら長くて黒っぽいものを手渡ししているところが映った。

「パパ……」

いいいいいいいい、ハロルドの声。懇願するような口調だ。

それはただの懇願ではなかった。そのときのマコーマックの声が、疲れとあきらめをにじませたおかしな口調だったので、ラドロウは危険を察し、まぶたを開いて転がろうとした。ラドロウを見おろすように立っているダニーと、耳があったところを狙ってふりおろされる、ずっしりとした木の枝が見えたので、彼らが弾丸による傷をもっとずっとひどい傷でごまかそうとしていることをさとったが、もはや手遅れだった。ラドロウは全身の神経にすさまじい衝撃を感じ、ああ、これか、レッドがとつぜん、最後の最後に感じたのはこれだったのか、と思いながら、またしても、眩暈がするほど深い闇へ落ちていった。

28

二度めに意識がもどったときには日が暮れかけていた。ほとんど夜だった。目が覚めたときは、自分がだれだかまったくわからなかった。木の精かなにかかもしれなかった。土と松葉から、ついさっき誕生したのかもしれなかった。ただ、ちっとも新鮮な気分ではなかった。なんであってもふしぎではなかった。

起きなおろうとしたが、体が動かなかった。頭の足りない製作者が、あきれたことに森のなかに据えつけてしまった、森をイメージした巨大なメリーゴーラウンドの真ん中に横たわっているかのように、頭上で木々がまわっていた。

赤子のようにぎこちなく手足を動かした。まず片方の足首、それからもう一方の足首。まず片手、それからもう一方の手。つづいて、両腕と両脚。瞬きをくりかえしているうちに、回転がゆるやかになった。

あらためて体を起こそうと試みると、今度はうまくいった。痛みが全身を走り抜けた。すさまじい激痛だったが、つぎの瞬間にはすっかり消えていた。幻じみた痛みは、幻じみた麻痺の陰に隠れていた。頭のうしろに手をやると、奇妙にやわらかく、じっとり濡れていた。後頭部はふわふわした苔(こけ)に変わってしまっていた。粘つく手を見ると、茶色と赤と黒に染まっており、松葉がくっついていた。

どうしてこんなところにいるのだろう、と考えた。

一メートルほど離れた暗がりに、トラックがあった。引っくり返っているし、木の幹が食いこんで、鉛筆を握りしめた手のようになっている。

見覚えのあるトラックだった。

立とうとした。両膝をつくことはできたが、それ以上は無理だったので、いちばん近い木まで這っていき、両手を幹にまわして、ゆっくりと体を引きあげた。脚の震えがいくらかおちつくまで、木の幹を恋人のように抱きしめつづけるほかなかったので、頬を、ざらざらするかぐわしい肌に押しあてながら、その香りを深ぶかと吸いこんでいた。しばらくしてから、手を離して歩いてみた。

ゴールはトラックだった。トラックには強い親しみを感じた。

自分のトラックなのかもしれなかった。

木のそばを歩くようにした。一度、よろめいたが、とっさに枝をつかんだので、転ばずにすんだ。激痛が走り、すぐに消えた。森が揺らめいた。

トラックにたどり着くと、かがみこんで、運転席のサイド・ウィンドウからなかを覗いた。天井にごみが散乱していた。丸めた紙屑。半分開いている破れた地図。炭酸飲料の空き缶。ウィンドウ・スクレーパー。ガムの包み紙。灰皿の中身と、割れたガラスのきらきらする破片や粒がまじった灰色の粉が、そこいらじゅうに散らばっていた。なにをさがしているのか、それが自分にとってなにを意味するのかわからなかったので、向きを変えた。

暗くなりかけていた。日が暮れるまでここにとどまっているべきではないのはわかっていた。暗くなったら、道がわからなくなってしまう。

坂をのぼることにした。理由はわからない。そうしたほうがいいような気がしただけだった。

トラックが下生えをなぎ倒してつくった道をのぼりはじめたが、途中、何度も、倒されずにすんだ数少ない若木につかまって呼吸をととのえた。トラックが遭遇した災禍をぼんやりと思いだしながらひと休みしてから、またのぼりはじめた。半ばまでのぼったところで、ぞくぞくするような妙な感じが背骨を走った。母さんが、だれかがいまわたしの墓場の上を歩いたといっていた感覚だ。それとも、そういったのは父さんだっただろうか？

父さんは老人ホームで生きている。名前はエイヴリー・アラン・ラドロウ・シニアだ。

足もとを見ると、すぐまえの草のあいだに、拳銃が落ちていた。

銃に呼び寄せられたかのようだった。

彼と同様に、銃もそこに属していなかった。そこに置いたままにしてはいけないような気がした。

そろそろと腰をかがめて拾いあげると、葉と土を払ってから、たどたどしい手つきでポケットにおさめた。腰をのばした瞬間、またしても激痛が、稲妻のように閃いてからおさまった。

坂をのぼりきったときには、とっぷり日が暮れていた。かたわらでは、月明かりが木々を青白く浮かびあがらせていた。うしろには、彼がのぼってきた道がのびていた。森は、暗く、深かった。彼は道を見つめながら、どっちへ行こうか考えた。

なにか、やらなければならないことがあるような気がした。

腰をおろし、樺の木にもたれかかって考えた。拳銃のせいでズボンがつっぱった。なぜか、涙が流れはじめた。

しばらくして、膝から顔をあげると、道の真向かいの藪のすぐ上で、一対の目が光っていた。その目は、きょろきょろとあたりを見まわし、道路の左右に視線を走らせてから、彼をじっと見つめた。

しばらくして、その目がおずおずと近づいてきた。

すぐに大胆になって、藪をがさごそいわせながら進みはじめた。

路肩に姿をあらわした犬は、長いことまともな餌にありついていないようだった。薄くなった白の毛並みからあばら骨が透けて見えるし、腰から後ろ脚にかけてもがりがりだ。たぶん農家の犬だろう。ビーグルがもとになっている雑種で、子犬でも老犬でもない。とはいえいまや野良犬も同然で、どんな悪天候でも雨露をしのぐ場所はなく、独力で餌をあさらなければならないのだろう。近くまで来ると、雄だとわかった。目が大きく、こんなところにひとりで座っている彼に、敵意ではなく好奇心を抱いているだけのようだった。

「おいで」と彼はささやいた。

おかしな声だった。聞き覚えのないがらがら声だ。口のなかに血の味を感じながら、乾いてひび割れた唇をなめた。

手を差しのべた。

犬は鼻をぴくぴくさせて、匂いを嗅いだ。だが、頭を低くしたまま動かなかった。

「いじめたりしないから」

犬は頭をあげ、彼を見て、吠えた。高く、はっきりした吠え声は、夜の静寂（しじま）に響きわたった。犬はもう一度吠えてから黙った。一瞬、犬は見つめつづけた。そして今度の出会いでも、人間という動物との出会いがたいていそうであるように、期待は裏切られたのだとあきらめ、藪のなかへゆっくりともどっていった。犬が通るにつれて下生えが動くのが見えたが、すぐに音が聞こえるだけになり、やがて犬は行ってしまった。

彼は静寂に耳を傾けていた。頭のなかで記憶の断片がたてる、風でページがめくれているような音に耳を傾けていた。

ふたたび立ちあがったときには、どちらへむかえばいいのかわかっていた。

彼は道路に足を踏みだし、坂をのぼりはじめた。

29

満天に星がちりばめられていた。半月が輝いていた。ヤヌスの月だ、とラドロウは考えた。

半月はヤヌスの月なんだ。

ローマ神話の門と扉の神、ヤヌスの。

ヤヌスにちなんだ月もある。

一月（ジャニュアリー）だ。

一月、二月に六月、七月
輝け、輝け、収穫月（ハーヴェスト・ムーン）
天の高みで

おかしなことに、そんな古い歌の歌詞を思いだした。

戦争中の、ある夏の夜、こんな月夜に、樹上にひそんでいた北朝鮮の狙撃兵を撃ったことがあった。いや、撃ったのはフィル・デアンジェロだったのかもしれない。結局、はっきりしなかった。その夜、ラドロウはデアンジェロと組んで歩哨に立っており、ふたりが同時に発砲したからだ。

朝になってから、狙撃兵をさがしに行った。

ふたりは目にした光景に啞然とした。どうやら銃弾は、兵士ではなくライフルに当たったようだった。ライフルを弾き飛ばされた拍子に、兵士は木から落ちた。そして、たまたま上をむいていたライフルの上へ落下した。ストックがもげた銃身は、兵士の右のふくらはぎと左の腿を貫いた。つまり兵士は、収集家がピンで標本台に留めた昆虫のようになってしまったのだ。転落の衝撃で首が折れ、兵士は動けなくなっていた。それは致命傷にならなかったのだが、銃身は大腿の動脈を貫いていた。折れた銃身から、雨樋から噴きだす雨水のように血が噴きだし、朝が来たときにはとっくに息絶えていたというわけだった。

(引っ越してから最初の一年は、鍋を床じゅうに置いて雨漏りを受けなければならなかった)

北朝鮮の狙撃兵のまわりにひろがる粘つく黒っぽい血の表面は暑さで堅くなっており、まるまると太った蠅がたかっていた。

(ねばねばだった。苔みたいになったわたしの頭のように)

ラドロウは後頭部に触れた。

(アリーの頭とビリーの頭。ふたりとも、ちゃんと頭から出てきた。だが、ティムは逆子だったので、ジャッフェ先生は、メアリの体に手を差し入れ、ティムをぐるっと一回転させなければならなかった)

もう少しでティムをうしなうところだった。

ラドロウは三回とも出産に立ちあったが、ティムのときは気をうしないそうになった。

(朝鮮戦争の夏の暑さ。もうちょっとで失神しそうだった。息ができなかった)

結局、ティムは死んだ。

自分の苦しげな息づかいがかすかに聞こえた。それ以外の音といえば、風が木々や下生えをそよがせる音と、いたるところで鳴いている蟋蟀の声と、土手の向こうのどこか、たぶん小川で鳴いている蛙の声、それにアスファルト舗装の道路を足をひきずってよろよろと小股で歩く自分の足音だけだった。

背後から車のヘッドライトが近づいてきた。遠くかすかだった光はぐんぐん明るさを増したが、ラドロウはふりかえらずに歩きつづけた。光がすぐ横を通りすぎ、翼をひろげた大きな白い鳥のように丘を越えていっても、それはラドロウにとって、救助してもらう機会を逸したことを意味しなかった。だが、ヘッドライトのまばゆい光のおかげで、前方で林が途切れ、道のまわりに農地がひろがっているのがわかった。

もうすぐだった。

歩く方向がおかしいことに気づいた。

どんどん左へずれてしまい、六歩かそこらごとに、右へ方向を修正しなければならなかったのだ。父親が、老人ホームの四段のステップをのぼるのに苦労していたことを思いだした。このごろでは、ステップを上ったり下りたりするときは、手を貸してもらわなければならなくなっているのだ。父親は幸せなのだろうか、みずから望んだとはいえ、父親を老人ホームへ入れたことに対して罪悪感を抱くべきなのだろうか、とラドロウは考えた。おまえやメアリの重荷になりたくないんだ、と父親はいった。自分の重荷になるだけで充分だ、と。

（父親を老人ホームへ置いて帰るとき、メアリは泣いた。レッドはトラックの荷台に立っていた。しばらく走ってから、メアリはレッドをトラックのなかへ入れたがった。そして、家へ帰り着くまでずっと、メアリは犬の背に腕を置いていた。犬は窓から首を出し、吹きつける風に目を細め、毛をなびかせていた）

ラドロウは木製の柵のわきを歩いていた。道の反対側は白樺林で、柵のむこうはなだらかに起伏する牧草地になっていた。月明かりのもと、すべてが灰色に浮かびあがっており、はるか昔の、物事が単純だった時代に撮影された白黒の田園風景写真のように美しかった。

ラドロウは歩いた。痛みが生じてはおさまった。気にしなかった。痛みは、自分がまだ生きていることをはっきりと教えてくれた。

前方の野原になにかが見えた。

草を食んでいる馬だ。六頭いる。

もう夜なのに、どうして外に出しっぱなしにしているのだろうと考え、馬もふしぎがっているのかもしれないなと思った。ラドロウは立ちどまって、柵にぐったりともたれかかり、ここで少し休んでいくことに決めた。馬たちは、ときどきまえへ進んでは、頭をさげて草を食べている。馬の歯がしっかりと根を張った草を引きちぎる音と、噛み砕く音を聞きわけられた。月明かりでは毛色はわからなかった。黒馬かもしれなかったし、栗毛かもしれなかった。ただし、一頭はまだら模様だった。ラドロウは、馬たちが満足げに草を食べている音を聞いていた。

（六つか七つのときのことだった。酪農場を経営していたジョン・フライおじさんは、馬小屋で二頭の馬を飼っていたが、ラドロウはそれまで一度も乗ったことがなかった。フライおじさんは、ラドロウが馬に乗ってもいい歳だと考えた。おじさんは大きな雌馬に鞍をつけると、ラドロウを抱えあげてまたがらせた。ラドロウはあぶみに足が届かないと訴えたが、フライおじさんは、「心配するな、ちょっと歩きまわるだけだから」といった。

フライおじさんは、いたずら好きな大男だった。そのいたずらは残酷なことが多く、この日のいたずらも、いかにもフライおじさんらしかった。

ラドロウは、びっくりしてはいたが、馬にまたがれて喜んでいた。馬はとてつもなく大きかったし、体を軽く叩いたり、短くて堅いたてがみをなでたりしたあとで手を嗅ぐと麝香のような匂いがした。自分がまたがっているたくましい動物は善意に満ちた力を秘めており、それが一瞬のうちに自分のものになったように思えた。馬の上で、庭から牧草地まで見渡したときのことを覚えていた。あっちへ行ければいいのに、と願ったものだった。おじさんが雌馬をあっちへ連れていって、あそこで走らせてくれればいいのに、と。

その代わりにおじさんは、たこのできた大きな酪農夫の手で雌馬の尻を叩いて、叫んだ。雌馬はいきなり走りはじめた。ラドロウが後方へ落馬し、地面に叩きつけられるのを見て、おじさんは大笑いした。ラドロウの母親が家から飛びだしてきておじさんを罵倒し、それからしばらく、おじさんと口をきこうとしなかった。

ラドロウは馬を恨まなかった。悪いのはおじさんだった。

もっと大きくなってから、ラドロウはその雌馬に何度も乗った)

ラドロウは足もとの草をちぎって、手を差しのべた。

まだら馬がラドロウを見つめていた。つかのまためらってから、近づいてきた。

そして長い舌で、その草を巻きとった。馬はラドロウが、前髪と頬と冷たく湿った肉づきのいい鼻に触れるのを許した。馬は頭を下げ、ラドロウがてのひらで鼻を覆ってもおとなしくしていた。暖かい息の、低く豊かな音が響いた。

そのとき馬が頭をあげ、ぶるっと振った。一瞬、たてがみが黒い火花のように閃いた。目を見開いた。

馬は後ずさった。おびえきった目で凝視した。向きを変えてほかの馬に加わったが、ラドロウを用心深く見つめつづけ、草を食べつづけようとしなかった。

匂いを嗅ぎつけたんだな、とラドロウは思った。

当然だ。苦痛と死を嗅ぎつけたんだ。

(それともわたしを、だろうか?)

なにしろ、人間であることにまちがいはないが、完全に人間とも言い切れないのだ。いまのラドロウからは、なにかがうしなわれてしまっていた。

さっき道端にあらわれた犬を思いだし、わたしは自然界に警戒心を抱かせてしまうのだろう、とラドロウは考えた。血を流したせいで動物に近くなっており、犬も馬もそれに気づいたかのようだった。呼び覚まされた人間の狂暴さに抗しきれず、ラドロウは動物に近づいていた。ラドロウは押しのけるようにして柵から離れた。

歩きはじめた。

道がやっと砂利道になり、ふたたび森のなかへはいったとき、月が厚い雲の陰に隠れた。星も、ほとんど見えなくなった。側溝に足を突っこまないように、できるだけ道の真ん中を歩こうとしたが、実際には、いま自分がいるのはほんとうに真ん中なのか、それどころか真ん中近くなのかさえ、まったくわからなかった。暗闇のなかでなにかといきなりぶつかることを恐れて、ラドロウは両手をまえへのばして歩いた。

（十二歳のころ、友人といっしょに、海を見おろす絶壁に洞窟を見つけたことがあった。ふたりは崖をのぼり、下で波が砕ける音を聞きながら、なかへはいった。陽射しが内部を照らしていたので、動物と人間がその洞窟を使っていたことがわかった。鳥と大きな動物の、齧った跡のある骨が床に散らばっていた。貝殻と蟹の殻もあった。天井が真っ黒に煤けていたので、くりかえし火を焚いていたことがわかった。

やがて、右の方へのびているべつの洞窟を発見した。

懐中電灯は持っていなかった。水着姿でタオルを首にかけているだけだった。ふたりは入口に立って、なかを透かし見ようとした。その岩室には、はるか昔にどろどろに溶けた大地が咳をして以来、一度も日の光が射していなかった。腕を闇のなかへのばすと、完全に掻き消えた。どんなに目を凝らしても、手は見えなかった。洞窟の床も天井も、左右の壁も見えなかった。

あまりにも深い闇に、目がまったくきかなかったのだ。

そんなに恐ろしい場所を目のあたりにしたのははじめてだった。ラドロウには、はいってくるなと闇自体が警告しているように思えた。闇には、人間よりも神々や精霊に近い神秘的な魂が備わっているかのようだった。それにもかかわらず、ラドロウは足を踏みだした。それは試練だった。神々だか精霊だかに試されているのだった。裸足が洞窟の床に触れたときの感触は、いまも思いだせた。虚空がぽっかりと口をあけているのではなく、ちゃんと床があったことに、ほとんど驚いたといっていいほどだった。足をきちんと踏みおろすと、二歩めを踏みだした。一瞬のうちに消えうせたかのごとく、友人からはラドロウが見えなくなった。

目が慣れるのではないかと期待して、ラドロウはしばらく立ちどまっていた。

目は慣れなかった。

洞窟は静まりかえっていた。

三歩めを踏みだしたとき、六メートルほど離れた反対側の壁ぞいの闇で、なにかが動く音がした。大きい、とラドロウは直感的に思った。ものすごくでかい、と。裸も同然の体の上に蜘蛛の群がとつぜん落ちてきて、這いまわり、嚙みついたように、恐怖が全身を走った。ラドロウは悲鳴をあげながらくるりと向きを変え、外に通じている洞窟のほうへ駆けだした。友人はと見ると、そのときにはもう、出口をめざして一目散に走っているところだった。そしてようやく外へ出ると、魔物がのばしている鉤爪がすぐそばに迫っているかのように、ふたりは急な崖を必死で降りた。

あとになってこの出来事について考え、友人と話した結果、人間がなかにいたにちがいない、とラドロウは結論をくだした。

ただの人間だったのだと。

狼でも、熊でもなく、野犬ですらなかったのだと。なぜなら、もしもそうなら野生動物の匂いがしたはずだが、あの洞窟にそんな匂いは漂っていなかったからだ。いまになって思うと、あの音は服が石にすれる音だったのだろう、とラドロウは考えた。

きっと、ただの人間だったのだろうと。たいした危険があったわけじゃないんだと。

でも、ひょっとすると……。というのも、だとすると、その人間は、黙って立ちながら、彼らを見つめていたことになるからだ。彼らのほうからは見えなくても、洞窟の入口に立つ彼らの姿は、はっきり見えていたはずだ。闇に慣れた目には見えていたはずなのに、かなりの時間、なにもいわずに立ったままだったのだ。どういう人間ならそんなふうにふるまうのだろうと想像し、床に散らばった骨と炎の匂いを思いだして、たいした危険はなかったという推測はまちがいだったのかもしれない、とラドロウは考えた。

いままでいちばん恐かったのはあのときだった。朝鮮戦争の激戦地で、死者と、まもなく死者になる兵士たちのあいだにいたときも、あれほど恐くはなかった。いうなれば、まだ幼い少年だったのに、思いがけなく、みずからの肉体の脆弱さを嫌というほど思い知らされたのだ。ようするに、あの日、ラドロウは、あの洞窟で、死とむかいあったのだ。

死とは、人が潜む闇だった）

あれと比べれば、こんなもの、真っ昼間に歩いているようなもんだ。雲に隠れた月の光があるんだから。

自分の手が見えるだけましだ。

月はヤヌスの月。いまは雲に隠れてる。

（ヤヌス。扉と門の神。

人は扉と門をくぐらなければならない）

実際には見ておらず、悲嘆に暮れ、暗澹とした気持ちで想像しただけの光景が見えた。自宅のドアから、メアリが飛びだしてきた。炎に包まれていて、揺らめく青と黄色の波に溺れているかのようだ。メアリは露に濡れた草の上で転げまわる。煙の匂いと、メアリの体が焼ける匂いがする。ふたたび立ちあがったメアリは、最後の力を振り絞って、家のなかへとって返した。むなしい望みを抱き、本能に衝き動かされ、愛情と危惧にわれを忘れ、わが子のもとへ駆けつけようとした。

メアリがあんな目に遭うなんて、とラドロウは思った。どうしてあんな善良な女が。

ラドロウは歩きつづけた。

夜もふけ、肌寒くなってきた。顔に風があたるのを感じた。

ナイフがやわらかいバターを切り裂くように、苦痛が体を切り裂いた。

しばらくして、月がまた顔を出した。

自分が時間の観念をなくしていることに気づいた。月が雲に隠れていた時間は、数分かもしれなかったし、数時間かもしれなかった。さっぱりわからなかった。

ラドロウはポケットのなかでずっしりと重い拳銃が動くのを感じ、手をおろしてズボンの外から形を探った。どうしてそこに銃があるのかを思いだした。銃は、森のなかの地面からラドロウに呼びかけているようだった。だから彼は足を止め、拾いあげたのだ。

遠くに家が見えた。丘の上で、ぼんやりと白く浮かびあがっている。丘の上の教会のように見えた。尖塔のない教会に似ていたが、ラドロウには、それは教会ではなく、自分が死にかけた場所であり、死を抱えて持ちこんだ場所だとわかっていた。

(人が潜む闇だ)

それまでと同じ、根気強い歩調で進んだ。

かちかちになった土の上を、足をひきずって歩いた。自分がいま、この世界でたてている音に耳を傾けながら、なにをなすべきかをさとった。

30

暗闇のなか、少年がひとりでポーチのステップに腰かけていた。少年はたばこを吸っていた。ふうっと吸いこんだとき、たばこの火で顔が見えた。そしてその、心臓が止まりそうになった瞬間、息子のティムではないだろうか、とラドロウは思った。だが、もちろんそんなはずはなく、そこにいるのはハロルド、もうしわけないと謝罪し、フライについて兄に嘘をついた少年だった。

少年は、ラドロウに気づくと、さっと立ちあがって小道に降り、地面にたばこを落として踏み消した。そして、おびえた表情であたりを見まわす。ラドロウが近づくと、ふたたびきょろきょろした。それから、どうやら肚を決めたらしく、まえへ進んでラドロウを迎えた。

「いったい」とハロルドは小声でいった。「どうしてここへ来たりしたんですか？」

「犬をひきとりに来たんだよ」

「なんですって？」

「犬をとりもどしに来たんだよ」

「むちゃくちゃだ」

「置いてきてしまったからね。そのポーチの上に」

「見つかったら、殺されますよ。そもそも、みんな、あなたを殺したと思ってるんだから！」

「犬を連れて帰りたいんだ。それだけだよ。きみのお母さんに、毛布をかけておいてほしいと頼んだんだが」

「冗談じゃない。ポーチの上になんか置きっぱなしにしてませんよ」

「そうなのかい？」

「置きっぱなしにしとくわけないじゃありませんか」

「どうして？」

「裏に捨てちゃいましたよ。森のなかへ」

「なんだって？」

激しい怒りで胸がむかむかした。犬を森へ捨てた？　動物に食われてしまったかもしれない。骨を囓られてしまったかもしれない。彼らはなんの配慮もしてくれなかったのだ。

「だって、あれは証拠なんですよ。あなたになにをしたかをあきらかにする証拠なんだ。なにしろ、もう、ここへ警官が来てるんですから。ブリッジウォーターさんともうひとりの警官が、きのうの夜のことを聞きに来たんですよ。犬の死体があったら、あなたもここへ来たことがわかっちゃうじゃありませんか。ラドロウさん、お願いだから、ここを離れてください。いますぐに」

少年はそわそわとふりかえっては、網戸や窓を気にしていた。

「そこへ案内してくれ」

「自分がどんなありさまだかわかってるの？　ひどい怪我じゃないですか。いったい……」

「捨てた場所へ連れていってくれ」

「ああ、もう」

ラドロウは手をのばし、少年の腕をつかんで、目をじっと見つめた。

「四の五のいってないで、そこへ連れていってくれ」

少年はあきらめ顔になった。

「それじゃ、案内したら、ここから出ていってくれますか？」

「ああ」

またしてもちらっと玄関をふりかえってから、少年はラドロウに視線をもどした。

「ばれたら、ぼくまで殺されちゃうかもしれない」

ラドロウは黙っていた。

「わかりましたよ。だけど、音を立てないでくださいよ、頼むから」

「わかった。音を立てないようにする」

それでも少年はためらった。ラドロウは腕を離して、少年を凝視した。

「まいったなあ。さあ、こっちです」

月明かりのもと、ふたりは広びろとした芝生を横切りはじめた。芝生がとぎれたところから、舗装していない小道がはじまっていた。ブナとカエデの若木のあいだを通って、森のなかへのびていた。

「場所を覚えてるといいんだけど」と少年はいった。

「覚えてるさ」

小道は北へ折れ、森の奥深くへつづいていた。月明かりがますますほの暗くなった。ふたりの足どりがゆっくりになった。ラドロウは、松と、じっとりした広葉樹の落ち葉と、冷えたむきだしの地面の匂いに気づいた。レッドが眠るのに悪い場所じゃないな、とラドロウは思った。ただし、マコーマック家の、レッドを殺した連中の土地じゃなければ。

一瞬の場面が脳裏でひらめいた。新しい場面がつぎつぎに重なった。

(ごろごろと転がるトラック)

（目をあけた瞬間に見えた、両手で握った枝をふりおろすダニー）

（川岸に響くショットガンの銃声。首が消えうせた犬）

（裸でベッドに横たわるキャリー・ドネル）

　生者と死者。

「ハ、ハ、ハロルド！」

　マコーマックの声だった。ポーチから呼んでいる。

　ラドロウのまえで、ハロルドが凍りついた。

「ハ、ハ、ハロルド、ど、ど、どこへ行ったんだ？」

「行こう」とラドロウはいった。「歩きつづけるんだ」

「無理だよ――」

「そんなことはない。静かにしていればだいじょうぶだ」

　小道は二本の高い松のあいだで曲がった。ますます狭くなった。イバラがラドロウのズボンにひっかかった。それからまもなく、小道はごく狭い、木々が途切れている場所へ出た。丈高く一面に茂っているスズメノカタビラが、身じろぎもしないで月と星に明るく照らされていた。反対端は、だんだん狭くなって、ふたたび森になっていた。ふたりは一メートルほど進んだ。

　そこでハロルドが止まった。

「このあたりだと思うけど」

「どこだ？」

「さあ。とにかく、この辺ですよ。左のほうかな。ああ、もう！　懐中電灯があればなあ」

「そら、懐中電灯ならここにあるぞ」とマコーマックがいった。

ラドロウはカチッという音を聞いた。背後から懐中電灯で照らされて、ふたりはふりかえった。懐中電灯はハロルドの顔にむけられていたので、男の両脇に立つふたりの少年の人影を見分けられた。つづいて、ラドロウの顔が照らされた。

「たまげたな」とマコーマックがいった。

ラドロウはまぶしくて目をすがめた。

「まさか、と思ってた。そんな馬鹿な、と。てっきり死んだと思ってたんだ。ところが、あんたはここにいる。ぴんぴんしてる。おとなしく倒れていられないらしいな、じいさん。まったく、信じがたいじじいだよ。こんなところでなにをしてるんだ？」

「犬のためにもどってきたのさ」

「なんだって？　犬のために？」

「ああ」

マコーマックは笑いだした。「あんたの望みは犬か」

光がラドロウからそれて、一メートルほどうしろの茂みにむけられた。そこで止まった。ラドロウはマコーマックを見つめつづけた。マコーマックは右手に四四口径を、ダニーはライフルを構えていた。ピート・ドーストは銃を持っていないようだった。ラドロウはポケットに三八口径がはいっていることを思いだし、銃を持っていることをさとられているだろうか、と考えた。

ピート・ドーストがうしろでおちつかなげに体を動かしていたので、自分も銃を持っていればよかったのにと願っているのだろうかと推測した。そんなことは思っていないのかもしれない。それとも、わたしと同じように、どこかに銃を隠しているのかもしれない。

「あんたのクソ犬はそこだ」マコーマックがいった。

ラドロウはふりかえって、懐中電灯の光が当たっている場所に目をやった。犬の死体は、ブナの木のわきの、平らな石の上にあった。元のとおりに、毛布がかけられていた。夫人がかけてくれたのだろう、とラドロウは察しをつけた。頼んだとおりにしてくれたのだ。

「あしたは、そのいまいましいしろものを埋めるつもりだった。どうやら、あんたも埋めるはめになりそうだな。じいさん、あんたは悩みの種なんだよ。犬が望みだって？　それなら、その望みをかなえてやろう。永遠にいっしょにいるんだな、クソじじい」

「そのとおり」

「パパ――」

光がふたたびハロルドにむけられた。

「ハロルド、さっさとこっちへ来い。いったいなにを考えてたんだ？　どうして、じじいが姿をあらわしたとき、すぐにわたしを呼ばなかったんだ？」

ハロルドはラドロウのうしろでもじもじしていたが、マコーマックの言いつけに従わなかった。そこから動こうとしなかった。どうしてだろう、とラドロウはいぶかった。ここまでマコーマックに立ちむかうなんて、いい根性をしてる子だ、と感心した。

「ねえ、パパ、もう充分じゃない？　ここまでにしておこうよ。だって、説明をつけられるじゃない。ラドロウさんが一度ここへ来て、それからまたもどってきたから、ぼくたちは――」

「なにをしたって弁明するんだ？　車をぶつけて、頭をかち割ろうとしたってか？　おまえってやつは、そのじいさん以上の馬鹿だな」

「パパのいうとおりだ」とダニー。「そのクソじじいにはもううんざりだよ。いま、ここで、きっちりけりをつけたほうがいいんだ」

懐中電灯の光がハロルドからラドロウへ移りかけた瞬間、ラドロウは膝をつき、的を小さくするべく横へ転がりながら、ポケットに手をのばして銃を抜いた。光は、いったん頭をよぎってから、ラドロウをとらえた。ラドロウは、光源を狙って、二発、つづけざまに撃った。二発めが懐中電灯を砕いたが、そのときなにかが脇腹に激突した。ラドロウがごろごろ転がったとたん、雨あられと銃弾が降りそそいだ。マコーマックの四四口径が轟き、ライフルが火を吹いた。とつぜんの暗闇のなか、ラドロウはふたたび、動きまわるぼんやりした人影と明るい発射炎（マズル・フラッシュ）のほうへ銃口を向けて、あてずっぽうで撃った。そして、四発めが命中し、ひとりが悲鳴をあげながら膝をつくのを見ながらふたたび転がると、やわらかくて濡れていて動くものに突きあたった。血の匂いがした。

ハロルドだった。銃弾を受け、激しく出血しながら上下している少年の胸に、頬があたっているのだった。

しんと静まりかえっていた。静寂のなか、うめき声が響いていた。かたわらで、ハロルドがすすり泣いていた。

風がなかったので、硝煙の匂いがつんと鼻をついた。

ラドロウはあたりを見まわした。

だれも立っていなかった。だれひとり。

目が慣れるまで、しばらくかかった。目が慣れると、数メートル先に三人が倒れているのがわかった。ふたりは、月明かりのもとで身動きをしていた。動かしている脚が、地面に跡をつくっていた。

あとのひとりは動いていなかった。

うめき声はつづいていた。自分の苦しい息づかいのせいで、だれの声かはわからなかった。かたわらの少年が、またしてもすすり泣き、ため息をついた。そのあと、一度、胸が上下してから、動きが止まった。

ラドロウは片肘をついて体を起こした。前方で、だれかが立ちあがろうとしていた。なんとかして先に立ちあがらなければ、とラドロウは思った。

膝立ちになったとき、左脇の腰のすぐ上になにかが深く食いこんでいることに気づいた。とつぜん、顔が燃えるように熱くなった。汗でぬるぬるしているのを感じた。だめだ、とラドロウは自分に言い聞かせた。気をうしなっちゃだめだ。いまはまだ。

脇の傷を手探りした。射入創は小さかったし、出血もたいしたことがなかったが、背中の腰に近いあたりの射出創はまったくべつの問題だった。触った感じはぐずぐずで、折れてぎざぎざになった歯のような、肋骨の先が飛びだしているのがわかった。

ラドロウは片手を冷たく湿った地面につくと、まず片足を、つづいてもう一方の足を地面につけ、やっとのことで膝をのばした。頭がふらふらした。

左脇はひどいありさまだな、とラドロウは思った。頭も、脇も、大怪我だ。

三人が倒れているほうへ、よろよろと歩いた。

立ちあがろうとしていたのはダニーだった。あおむけに倒れていたが、ラドロウと同様に、肘をついて体を起こそうとしていた。ラドロウはダニーを見おろして、少年は傷を負っており、ライフルが手の届かないところに落ちていることを確認した。ラドロウはダニーの目を見つめた。闘争心が消えていた。恐怖と苦痛しか浮かんでいなかった。

「内臓が傷ついてるんだ。動かないほうがいい。人を呼んできてやる」

約束したのはラドロウだったにもかかわらず、どういうわけか、少年はそれを聞いておちついたようだった。ラドロウが少年を置き去りにしても、ちっともふしぎではないのに。そうしたところで、ラドロウは良心の呵責を感じたりしなかっただろうし、少年にもそれはわかっていたはずだ。誤った男らしさを引きずって歩くのに、とうとう疲れてしまったのかもしれなかった。重荷を人に渡せてほっとしているのだろう。たとえラドロウにでも。ラドロウにだまされるかもしれないという危険を冒しても。

父親のほうの顔を見た瞬間、横たわっている地面を血で汚すまであといくらもないのがわかった。ラドロウはマコーマックの全身にざっと目を通した。見たところ、二発、銃弾を受けているようだった。肩のすぐ下の胸に一発と、もっと下の肺のそばにもう一発だ。顔をあおむけ、なかば横向きになっている。マコーマックの横の、銃を持つ手の先に、ピート・ドーストが、手足をひろげてうつぶせに倒れていた。

ピート・ドーストの後頭部は、なかば吹き飛んでいた。

月明かりを浴びてぬらぬら光る脳髄が、首を伝って流れ、うなじにたまっていた。

ラドロウの三八口径にこれほどの破壊力はない。

マコーマックが、倒れたあとも引き金をひきつづけたのだ。乱射したのだ。

その先に、少年がいたというわけだ。

予想はあたっていた。ピートは銃を持っていなかった。

マコーマックが目を震わせた。

万が一のために、ラドロウはマコーマックの手から四四口径を蹴り飛ばした。人と蛇は、最後の最後まで油断ができない。銃は小道を滑っていった。ラドロウは手をのばして、マコーマックの頭をピート・ドーストのほうへむけた。

「あんたがやったんだぞ」とラドロウはいった。

マコーマックはそちらを見、瞬きをしたので、おそらくわかったのだろうが、それ以上の反応はなかった。

「それに、あんたかダニーかが、あんたの息子のハロルドを撃った。どっちが撃ったにしてもたいした違いはないと思うがね。そうじゃないかい？」

マコーマックは目をしばたたきながらラドロウを見あげた。

「きょうはあんたにとって大変な一日になったな」

ラドロウは立ちあがると、マコーマックから遠く離れたところへ三八口径を投げ捨て、やってきたほうへよろよろと引き返しはじめた。ハロルドのわきを通るとき、腰をかがめて目を閉じてやった。悪い子じゃなかったのに、かわいそうなことをした、とラドロウは哀れんだ。遅かれ早かれ、ハロルドは父親と兄から離れて、自分自身の人生を生きはじめていたことだろう。ピート・ドーストだって、こんな目に遭うほどのことはしていなかった。口先で粋がっていただけだったのだ。

銃は相手を選ばない。善人だろうが悪人だろうが。

茂みに分け入ったラドロウは、すぐにさがしていたものを見つけた。

ラドロウは犬の死骸を抱きあげた。

ふらふらした。小道をはずれて森の奥へ迷いこんでしまうことなく家まで帰りついて、夫人に息子がまだここで生きていると伝えられるだけの力が残っていればいいのだが、と願った。ショック状態と失血のせいで、意識が混濁していた。どういうわけか、森に呼ばれているような気がした。

犬を抱きあげたまさにその瞬間、思考と感情が奇妙に冴え渡った。その感覚は、ここへ来る途中に覚えた幻じみた痛みと同様に強烈だった。そのときラドロウは、何日も、何週間もあとになってからはじめて人に打ち明けたことをさとったのだった。思いがけないことがラドロウの心のなかで起きていた。そのとき、ラドロウと犬は、ある意味で一心同体だった。生きていたが生きているだけでなく、死んでいたが死んでいるだけではなかった。それは、こざかしい人知を超えた、苛烈で厳格で仮借のない、大地と血肉によって定められた過程の一部だった。それに対抗する手段は優しさだけだとさとり、ラドロウはそのことに満足した。

マコーマック夫人とは、森のなかのその開けた場所で出会った。

ラドロウは彼女を見ると、がっくりと両膝をついた。すっかり力が抜けていた。

周囲がぐるぐるまわっていた。腕が冷たく、虚ろに感じられた。ラドロウはまぶたを閉じた。まわりにそびえるオークの古木のてっぺんあたりから自分自身を見おろしているような気がした。月明かりを浴びながら森のなかの開けた場所で膝をついている自分がむかいあっている女性は、かつては美人だったにちがいないが、いまはラドロウのありさまを目のあたりにして、恐怖と苦悩しか見てとれない表情を浮かべていた。自分が抱きかかえている犬の死骸が捧げものので、彼女が、いま自分がひざまずいている、風にそよぐ丈高い草に覆われた大地の母、悲嘆に暮れている創造の母であるかのようだった。

「助けてくれ」とラドロウはいった。

第四部　新世代

31

退院の日、娘は車椅子を用意して待っていてくれた。ラドロウは車椅子など使いたくなかった。十日間ふせっていたあとで、自由に動けないことにうんざりしていたからだった。だが、アリスがどうしてもというので、ラドロウはしぶしぶ同意した。車椅子はアリスにも扱いが容易な小型のものだった。アリスはボストンから飛んできて、面会が許可されてからは、毎日何時間も、クロスワードパズルを解いたり雑談をしたりしながら病室のベッドのわきで座りつづけていた。

生きのびてよかった唯一のことは、娘とまた打ち解けられたことだな、とラドロウは思った。ラドロウは、アリスが押す車椅子に乗って、まばゆい午後の陽射しのなかへ出た。アスファルト舗装の上をなかばまで来たところで、アリスは告白しなければならないことがあるといった。隠していることがあるというのだ。

「なんだい、隠していることって？」

「わたし、妊娠してるのよ、パパ」

「妊娠？」

「ええ。二カ月なの。パパはおじいちゃんになるのよ」

ラドロウはどうにか我慢して車椅子に座ったままでいた。

「おめでとう、アリー」

「ありがとう、パパ」

「妊婦なのか。くそっ、こっちが車椅子を押してなきゃいけないところじゃないか」

アリスは笑った。

「ほんとによかったな、アリー」

ラドロウは手を上へのばして、車椅子を押す娘の手に重ね、ぎゅっと握った。

「退院してから話そうと決めてたの。病室でなんか話したくなかったから。だって、特別なニュースだもの。お日さまのしたでパパに知ってほしかったのよ」

「たしかに特別なニュースだよ。男の子か女の子かはわかってるのかい？」

「教えてもらわないことにしたの。どっちでもうれしいから」

「わたしもうれしいよ。ママが生きていたらなあ」

「そうね」

ラドロウが意識をとりもどし、鎮痛剤なしでいられるようになってから、ふたりはよくメアリのことを、ラドロウとメアリがどのようにして出会い、つきあい、結婚したかを話していた。時間つぶしにもなったし、父と娘を近づける役にも立った。ふたりは、アリスとティムが小さかったころの思い出も語りあった。

あの殺人事件のことまで話した。

殺人事件について話すのははじめてだった。

アリスが、ビリーと連絡をとるべきだという話題を持ちださないのはありがたかった。とうとう、葛藤を克服できたのかもしれなかった。

ある日の午後、アリスは〈パインウッド・ホーム〉から祖父を、病院までラドロウの見舞いに連れてきた。老人はラドロウから、その夜、なにがあったのかをくわしく知りたがった。そして口をはさむことなく最後まで聞き終えると、「よくやったな。それにしても、おまえがそんなに石頭だとは知らなかったよ」といった。

アリスはそれから三日間、ラドロウの家に泊まってから、ようやく、ピンと金属棒で肋骨の一本を留められていても、父親は身のまわりのことをひとりでこなせるのだと得心した。ラドロウはアリスを、夫のもとへ帰るように説得した。ラドロウには、アリスが、帰りたい気持ちと帰りたくない気持ちの板挟みになっているのがわかった。ラドロウは、新しいトラックを買うまでのあいだ借りている車で、アリスを空港まで送った。搭乗口で娘と抱きあいながら、アリーの髪の匂いはメアリとそっくりだな、とラドロウは思った。

アリスが帰った夜、ラドロウは病院に電話をかけて、ダニエル・マコーマックの容体をたずねた。担当の看護婦によれば、ようやく危機を脱したということだった。サム・ベリーによれば、検察は少年を、殺人未遂と凶器を使用した暴行で起訴するつもりらしかった。ラドロウは検察側の証人として証言しなければならないだろう、とサムはいっていた。

べつだん、気は重くなかった。

だが、少年の母親には同情を覚えた。マコーマック夫人はすべてをうしなったのだ。あの女性がどのような人生を送って今日に至ったかについてはなんの知識もなかったが、結婚相手を間違ったことを別にすれば、たいした罪を犯したとは考えられなかった。少なくともひとりは、まっとうな道を歩みはじめていた息子を育てたのだから。

彼女はラドロウを助けてくれた。命の恩人といってよかった。

それに、レッドに毛布をかけてくれた。

手の不自由なメイドが彼女を支えていてくれているといいのだが、とラドロウは願った。

それからの一カ月、ラドロウは多忙をきわめた。なにしろ、新しいトラックを買い、店の再建の件で建築業者と打ちあわせをし、納入業者と契約を交わさなければならなかったのだ。それに今度は、ビル・プラインに共同経営者になってもらうことにしていた。若い者に店を切り盛りしてもらいたかったし、医者からもそうするように勧められたからだ。ビルのこれまでの働きに報いてやりたいという気持ちもあった。そういうわけで、弁護士に相談したり、書類に同意の署名をしたりもしなければならなかった。週に三回、折れた肋骨の治療にも通わなければならなかった。

九月第一週の涼しい夜、夕食を終えてすぐ、ノックの音が聞こえた。ドアをあけると、キャリー・ドネルが立っていた。色あせたブルージーンズとぴったりした緑のセーターという格好で、モエ・エ・シャンドンのボトルを両手に提げていた。

「ミス・ドネルじゃないか」とラドロウは微笑んだ。

キャリーは笑って、「キャリーよ、忘れたの?」

「さあ、はいってくれ」

「ありがとう」

キャリーは、いつもどおり、我が家へ帰ってきたようにラドロウのまえを通りすぎると、テーブルに一本のボトルを置き、もう一本を冷蔵庫へ入れた。

「元気そうね」とキャリーはいった。

「きみも元気そうだ」

「番組は気に入ってくれた？」

「番組？　キャリー、もう一カ月もたつじゃないか。もうたずねてくれないのかと思ってたよ」

「ごめんなさい。ばたばたしてたから。スタッフと走りまわってたの。あなたが見てくれたのかも知らなかったくらい。あなたは入院してたし。テレビを見られる状態かどうか知らなかったんだもの」

キャリーはキッチン・テーブルの椅子をひいて、腰をおろした。

「娘さんが付き添ってるって聞いてたし」

「やっと帰ってくれたんだ」

「よかった。ほんとによかったわ、エイヴ」

ラドロウはキャリーの向かい側に座った。

「とにかく、番組は見てくれたのね？」

ラドロウはうなずいた。

「で、感想は？」

「よかったよ。公平だった。わたしをばかげたヒーローに仕立てあげてなかったし。もしもそんなふうだったら、恥ずかしくて近所を歩けなかっただろうな。かといって、変人にも見えなかった。期待したとおりの、すばらしい番組だったよ。ダニーの裁判もきみが取材するのかい？」

キャリーは悲しげな目でラドロウを見た。ラドロウは答えをさとった。

「わたし、都会の局にスカウトされたのよ、エイヴ。すごくいい仕事。キー局なの」

「ニューヨークかい？　だけど、きみはニューヨークが嫌いなんじゃなかったっけ？」

キャリーはかぶりをふって、「いいえ、ボストン」

「いつから？」

「来月から。土曜から一週間、ボストンへ行くの。部屋を見つけたりしなきゃならないから」

ラドロウは、キャリーがなにをいいたいのかをさとった。ポートランドで片づけておかなければならないことも、山のようにあるにちがいなかった。

キャリーがこの家へ来るのは、きょうが最後なのだ。

我が家へ帰ってきたようだったのに。

「それなら」とラドロウ。「そのシャンパンを開けようじゃないか。お祝いをしよう」

「電話をしなかったのは、それが理由だったのかもしれないわ、エイヴ。引っ越すのが決まったことが」

ラドロウはうなずいて、「たぶんそうなるだろうとは思ってたよ」

「ほんとに？」

「なんとなくだけどね」

「わたしのこと、嫌いになった、エイヴ？」

ラドロウは目を狭めてキャリーを見た。

「おいおい、小娘みたいなことをいわないでくれよ、キャリー」

ラドロウは立ちあがり、キャリーに歩みよると、彼女の肩に両手を置き、かがみこんで、頬に、額に、そして唇にキスをした。

「たとえそのボトルで頭をぶん殴られたって、きみのことを嫌いになったりしないよ。わたしにとってきみは、祝福以外の何物でもないんだ。きみが引っ越したって、なにも変わりはないさ。だって、わたしは、きみにちょっぴり愛してもらっていると思ってる、頭のいかれた老人なんだよ。そんなわたしがきみを嫌いになるなんて、本気で心配してるのかい？」

キャリーはうなずいた。涙を流しはじめていた。「ええ、そうよ。決まってるじゃない」

「あきれたな。それじゃきみは、わたしがきみを嫌いになる可能性があると、真剣に悩んでるっていうのかい？　たいした洞察力だよ。ジャーナリストとして、恥ずかしいと思うべきだな」

キャリーはほほえんだ。

「さあ、頼むから、シャンパンを開けてくれ」

翌朝、出ていくキャリーを、ラドロウはキッチンの窓から見送った。キャリーは、一度、微笑みながら手を振って、車に乗りこんだ。ラドロウは、湯気が出ているコーヒーを持ちながら、手を振り返した。

その瞬間のキャリーを、ラドロウは心に刻んだ。

昨晩は、そのうちボストンの娘の家へ遊びに行くかもしれないという話をした。そのときに会えるかもしれない、と。だがラドロウは、そんな機会はけっして訪れないと承知していた。キャリーも、ラドロウも、遠く隔たったそれぞれの人生へ消えていくのだと。だからラドロウは、キャリーを、明るい朝の陽射しを、その他すべてを記憶にとどめたのだった。たとえキャリーが二度と自分のもとへもどってこなくても、少なくともその姿を思いだすことができるように。

ラドロウはキャリーに、自分の血のなかでくりひろげられている静かな戦争については明かさなかった。敗戦が必至のその戦争については。殴られ、撃たれたあの夜、レッドを抱いて小道に立っていたとき、どういうわけかラドロウは、それに気づいたのだった。

打ち明けなければならない理由は考えつかなかった。

リンパ腫は死に至るまで何年も生きられる望みがある病気だ、という医者の説明を思いかえした。もちろん、ラドロウは何年も生きるつもりだった。

娘に話す必要も覚えなかった。アリスは、体のなかで赤ん坊をはぐくむのに忙しいのだ。医者には、アリスに話さないでほしいと頼んでおいた。

その時が来たら、自分で片をつけるつもりだった。

ラドロウは、コーヒーを飲みながら、車が坂を下っていき、見えなくなるまで見送った。それから、キッチンを抜けて裏口から木製のポーチへ出、ドアを閉めた。ポーチのまえから丘のてっぺんのレッドが眠っているところまで、一面に咲いている背高泡立草(せいたかあわだちそう)が風にそよいでいた。ラドロウは、目のまえにひろがっているのは波がうねる海だと想像した。安定したいい風が吹くなか、永遠に物言わぬ幽霊しか乗組員がいない帆船の甲板に立っているのだと。

そのあとは書類や注文書や医療費の請求書の処理に没頭していたが、日が暮れかけたころ、トラックがやってきて、ラドロウのトラックのわきに停まる音が聞こえた。

窓の外を見ると、エマ・シドンズだった。真っ赤なセーターを両手でぎゅっと抱くようにしながら、決然とした足どりで玄関にむかってきた。いかにもエマらしかった。このまえ会ったときよりも老けて見えるような気がした。わたしも老けて見えるのかもしれないな、とラドロウは思った。

ドアをあけたラドロウの目に最初に飛びこんできたのは、セーターの襟から覗いている、毛むくじゃらの赤っぽい子犬の黒い瞳だった。

ラドロウが笑い声をあげて手をのばすと、子犬はくんくんと匂いを嗅いでから、興奮してエマの腕のなかで身をよじった。

「驚いたな。これは、わたしが思っているとおりのものなのかい？」

エマがにやりと笑って、「ええ、そのとおりよ」と首をふった。「あなたが飼っていたあの老いぼれ犬は、最後の最後まで悪さをしてたってわけね。エヴァンジェリンが四匹の子犬を産んだの。二匹はエヴァンジェリンそっくりの黒犬で、二匹は赤犬だった。三匹の雌はひきとってもらったんだけど、この雄が一匹、まだ残ってるのよ」

エマはセーターをめくって、子犬をラドロウに渡した。子犬はラドロウの顔をぺろりとなめてから、指に注意をもどした。

「産まれてからどれくらいたつんだい？　六週間くらいかな？」

「そんなところかしら。つまり、手放すのにちょうどいいころってわけね」

「なんだって？　わたしに飼えっていうのかい？」

「いいえ、あなたの犬がどれほど悩みの種だったかを教えようと思っただけ……なんて、嘘よ。あなたに飼ってもらうために連れてきたの。あなた以外のだれがその子の飼い主にふさわしいっていうの?」

「エマ、もう犬を飼うつもりは——」

「あなたがどんなつもりかなんて、知ったこっちゃないわ。その子をごらんなさいな」

子犬はもがくのをやめていた。ラドロウの腕のなかで、安心しきっておとなしく抱かれながら、ラドロウの指をゆっくりとなめていた。

(レッドはいつだってわたしの手を見つめていた。手と、手を使ってできることが、人間をほかの動物から隔てているすべてであるかのようだった)

「その子をごらんなさい。あなたがわかるのよ。この家に一歩足を踏み入れたとたんにわかったんだと思うわ」

ラドロウは子犬をおろした。ラドロウとエマは座って話しはじめたが、ラドロウはあたりを探検しはじめた子犬から目を離せなかった。キッチン、寝室、居間、階段。子犬の爪が板張りの床にあたる音が聞こえた。しばらくすると、子犬はもどってきて、ため息をつき、ラドロウの足もとでごろんと横になった。

エマは笑った。

「また犬を飼いたくなったんじゃない?」

ラドロウはエマに、リンパ腫をわずらっていることを話した。遠からず死んでしまうだろうと。動物の面倒を見るという約束は、寿命と病気によってあっさり果たせなくなってしまう約束なのだ。

「先のことなんかわからないわよ、エイヴ。もしもの時は、わたしがきちんとその子の面倒を見てあげる。信じてくれていいわ。だけど、考え方はあらためてもらわなきゃ。さもないと、価値のあるものはなにひとつ手に入れられないわよ。あなたはその子に、使えるだけの時間を使って与えられるだけのものを与える。その子も同じことをしてくれるはずだわ。それでこそ、立派に生きたといえるのよ」

エマは車からいくらか餌を持ってきたあとで、子犬を置いて帰った。ラドロウは子犬に餌を与え、遊んでやった。ふと気づくと微笑みを浮かべていた。まだいくらも時間がたっていないのに、子犬がいとおしくてたまらなくなっていることに、驚きを覚えた。その夜、ベッドへむかうときも、子犬はあとからついてきた。いっしょにベッドへ入れてくれと鳴くので、抱きあげてやった。子犬はラドロウの腹の上で丸くなって眠った。ラドロウは艶のあるなめらかな毛並みを長いあいだ撫でていたが、とつぜん、涙がこみあげてきた。今度は、レッドやメアリやそのほかの、いまは亡き愛するものたちを悼んで泣いたわけではなかった。そうではなく、この新しい命と出会ったこと、そして自分も子犬も、連綿と続く魂の世界の一部であることがラドロウに涙を流させているのだった。

「なんて名前をつけてやろうか?」とラドロウは小声で子犬に話しかけた。

ラドロウに抱きしめられたまま、子犬はすやすやと眠りつづけた。

〈解説〉分類も分析も積極的に拒む小説

中原昌也（作家）

ケッチャムの謎で最も興味深いのは、『ロード・キル』も『オンリー・チャイルド』も『隣の家の少女』も、もし万一映画化されたとしたら超大胆な脚色を施さない限り恐らく大して面白い映画になりそうもない、という点だ。確かに映画にするにはおぞまし過ぎる描写を甘くしなければならない、というハンデを無視してもである。これは何でもかんでも映画にしてしまうアメリカにおいて、ケッチャム作品が一度も映画化TV化されたことがない、という事実が証明しているように思えて仕方がない。

しかし、どのケッチャムの作品も邦訳されたものを読む限りどれも驚異的に面白い。確実に、他の作家にはない「何か」がある。が、その読書でしか味わえぬ「何か」が文学的な深みだとか、強烈なイマジネーションだとかというのでないのは確かだ（ズッコケさせちゃいましたかね？）。これがケッチャム作品の映画化を拒んでいる理由と関係あるに違いない。

だいたい、僕にはケッチャムという作家が一体、何を考えて作品を書いているのかよく判らないのだ。

狂気と呼ぶには余りにも主人公が親しみやす過ぎて知らぬうちに応援したくなる(?)『ロード・キル』や、アナル・セックスと幼児虐待の話かと思わせて母子愛と裁判劇の物語となり、結局取って付けたようなサイコ・スリラーになってしまう『オンリー・チャイルド』や、主人公の年上の美少女への切な過ぎる思いが胸をキュンとさせつつ全ての読者を地獄へ叩き落とし、やはり結局は取って付けたようなサイコ・スリラーになってしまう『隣の家の少女』もよく考えてみればかなりイビツな作品ではないか。

しかし、それがメチャクチャな破綻にならず、読みごたえのある作品に仕上がっている事実に驚かされるのだ。

そして、本書『老人と犬』は、ケッチャムにしては珍しく猟奇殺人も、幼児虐待も、アナル・セックスも、性倒錯も出てこないにもかかわらずケッチャムの謎、というかケレン味あふれる魅力が恐ろしい程に輝いている。

いつ残虐なケッチャム節が炸裂するのか、と今までのファンはワクワクするのだろうが、リアリティあふれる主人公のエモーショナルな怒りが読んでいるうちにそんな期待はどこかへ忘れさせてしまうのだ。だいたいそんなことばかりを求めるような奴（読者）は、俺（主人公、又はケッチャム）みたいな愛犬家の敵だと言わんばかりに唐突に、そして乱暴にワンちゃんの惨たらしい死体を我々に投げてよこすくだりがある。一見、ルチオ・フルチか香港映画の残酷シーンのように無神経な描写のように感じるかもしれないが、これ程に効果的なショックを与えるのに成功した例を他に知らない。全く血まみれ描写がないように思わせておいて、箱を開けたとたんワンちゃんの腐乱死体がいきおいよく飛び出す仕掛け。これだけならただのハッタリかもしれないが、あくまでも主人公の人物像を、飼い犬への愛とそれを失った悲しみを、見事に描いているからこそのショック描写なのである。

保守的で、なおかつ偽善的なこの社会に対し主人公の怒りが暴発するクライマックスは、まるで西部劇を思わすような格好良さだ。というよりも、これは七〇年代の男性アクション映画を思い出す方が正しいのかもしれないような気がしてきた。物語のスケールといい、任俠映画的な大団円といい、サム・ペキンパー監督＋ポール・シュレーダー脚本による映画化をリクエストしたくなってくるではないか。

冒頭の内容と完全に矛盾することを書いているのに今、気が付いた。こじつけにしか思えないだろうが、それ程までにケッチャムの作品は強烈で、しかも摑み所のない不思議なものなのである。

だが、同じ作家として（とはいうものの、さっきから比較の物差に小説ではなく映画のことばかりだが）、表現に携わる人間として僕が大いに共感できる部分も明確にある。

それはエンターテインメントと呼ぶには余りにも不快な刺激に満ちており、高級な文学と呼ぶには、深さを感じさせない深さのせいでそれもしっくりこない。「単なるホラーを超えた」とか「ジャンルという枠組を超えた」とかいう大袈裟なフレーズも全然似合わない。しかし、それが彼の作品がいかに洗練された読み物であるかを表しているのである。

そして社会学的な分析を積極的に拒んでいるようにも思えるのだ。暴力的で残虐な人間が登場し、次々と異常な殺人が起こったりしても、全く押し付けがましい文明批評なんて一切していない。『オンリー・チャイルド』が幼児虐待に対する司法制度の甘さを指摘しているが、それも後に起こる猟奇殺人やアナル・セックスのおかげでどこかへ行ってしまう。『隣の家の少女』やこの『老人と犬』には冷酷な少年たちが登場するが、全然教育のせいだとかメディアのせいだとか荒廃した社会のせいだとも彼は作品の中で言及していないのである。もっと人間の根底にある闇を暴いているように思えるのだ。特にこの『老人と犬』は老人の世捨て人的な生き方が、ケッチャム自身の厭世観を最大限に表現している。だからと言ってウジウジとグチッているのではなく、男らしく正義を貫くのが今までにないパターンで驚かされる。陰湿なノリを期待する向きには大きな裏切りとなっていることが、何とも痛快ではないか。

ジャンルという看板に頼ることなく、ルーティンを廃し、明快な問題意識も掲げずに、最初から最後まで読者を引き付けて止まない小説。それこそが次の時代に書かれるべき洗練された小説の形だ、と僕は信じている。そんなわけでこれからもずっとケッチャムは新鮮であり続けるだろう。『老人と犬』はケッチャムがモダン・ホラーの作家、という安定した肩書をかなぐり捨てて書いた動物愛護暴力小説と呼ぶべき実験小説だ。そんなジャンルにも当然ながら満足するケッチャムではないので、次はまた違った、何ものにも属さない素晴らしい作品を書くだろう。この『老人と犬』は彼のそんな強力な意志なのである。

一九九九年五月二十一日

〈J・ケッチャムの邦訳リスト〉

Off Season：1981　『オフシーズン』
The Girl Next Door：1989　『隣の家の少女』
Offspring：1989　『襲撃者の夜』
Joyride（英国題名 Road Kill）：1994　『ロード・キル』
Stranglehold（英国題名 Only Child）：1995　『オンリー・チャイルド』
Red：1995　『老人と犬』
Right to Life：1998　『地下室の箱』
Lost：2001　『黒い夏』
（右記のジャック・ケッチャム作品は、すべて扶桑社ミステリー文庫で刊行されています）

再刊版訳者あとがき

本書『老人と犬』も、『オフシーズン』に続いて、こうしてめでたく再刊の運びとなった。『隣の家の少女』と『オフシーズン』の二大傑作に次ぐ重要作であって、末長く読み継がれるべき『老人と犬』が、こうしてふたたび新刊書店の棚に並ぶことになり、新たな読者が気軽に手にとれるようになったのだから、喜ばしいかぎりである。

『隣の家の少女』や『オフシーズン』と比べると、『老人と犬』の暴力描写は控えめだが、テーマはやはり暴力である。暴力をテーマにした作品は世にあまたあるが、ケッチャムの描く暴力はきわめてユニークだ。ケッチャムは暴力を、賛美することも糾弾することも、誇張することも手加減することもなく、ありのままのスーパーリアリズムで描いているのだ。『隣の家の少女』なら一九六五年に起きたガートルード・バニシェフスキーによるシルヴィア・ライケンス殺害事件、『オフシーズン』なら十五世紀スコットランドのソニー・ビーン一族というように、実際の事件をモデルにした作品も多い。『老人と犬』にもなにかしらのモデルが存在するのかもしれない。

ケッチャムが暴力を解剖学的な正確さで描きつづけたのは、人間がここまで暴力的である理由を考察するための事例分析だったようにも思える。ケッチャム作品には、『老人と犬』のように、犬や猫が生命力の象徴として登場することが多いが、それは、動物的な本能から外れた暴力性を有する人間と対比させるためなのだろう。

だが、ケッチャムは決して人間に絶望していなかった。ケッチャム作品のほとんどで、『老人と犬』のラドロウのような黄金の心の持ち主や、ごくふつうの人物が暴力に毅然と立ち向かう（ただし、現実とおなじで、どんなにがんばっても、彼らが生きのびられるとはかぎらない）。ケッチャムにとって、暴力小説を書くことは、闇のなかで光を探すようなもの、砂のなかから砂金を探すようなものだったのだろう。闇が濃ければ濃いほど光はいっそう明るく輝くし、砂金はなかなか見つからないからこそ貴重なのだ。

『老人と犬』は二〇〇八年に原題どおりの『Ｒｅｄ』として映画化された。のちに小説版『ザ・ウーマン』をケッチャムと共作し、映画版『ザ・ウーマン』を監督することになるラッキー・マッキーが監督に起用されたのだが、終了間際になって撮影が頓挫してしまい、最終的にノルウェー人監督・脚本家のトリグヴェ・アリステル・ディーセンが引き継いで完成にこぎつけた。そんなトラブルにもかかわらず、『Ｒｅｄ』は佳作として高く評価され、映画情報ウェブサイト、インターネット・ムービー・データベース（ＩＭＤｂ）でも７・０という高いレビュースコアを獲得している。さらに、出演者も、ラドロウに多くの映画に脇役として出演し、『チャーチル　ノルマンディーの決断』にチャーチル役で主演したブライアン・コックス、ラドロウの愛犬レッドを殺した少年ダニーの父親マイケル・マコーマックに『ブラックホーク・ダウン』や『プライベート・ライアン』などのトム・サイズモア、ダニーの友人の少年ピートの父親役に『エルム街の悪夢』シリーズのフレディ役で知られるロバート・イングランド、ピートの母親役に『フィッシャー・キング』や『パルプ・フィクション』などのアマンダ・プラマーと、ケッチャム原作の映画では珍しく名のある俳優が出演しているというのに、残念ながら日本では劇場公開されず、ＤＶＤも発売されなかった。動画配信などで日本でも見られるようになってほしいものだ。

◉訳者紹介　**金子 浩（かねこ　ひろし）**
訳書にケッチャム『隣の家の少女』、ケッチャム&マッキー『わたしはサムじゃない』（以上、扶桑社ミステリー）、テイラー『われらはレギオン1〜3』、『シンジュラリティ・トラップ』（以上、ハヤカワ文庫）など。

※本書は1999年6月に刊行された同一タイトルの作品の再刊になります。

老人と犬

発行日　2020年10月10日　第1刷発行
　　　　2024年12月31日　第2刷発行

著　者　ジャック・ケッチャム
訳　者　金子 浩

発行者　秋尾弘史
発行所　株式会社 扶桑社
〒105-8070
東京都港区海岸1-2-20　汐留ビルディング
電話　03-5843-8843(編集)
　　　03-5843-8143(メールセンター)
www.fusosha.co.jp

印刷・製本　株式会社 広済堂ネクスト

Printed in Japan
ISBN978-4-594-08615-2　C0197